TAIHANG WENXUE

ZUOPINXUAN

太行文学

作品选

万海东 主编

河南大学出版社
HENAN UNIVERSITY PRESS
·郑州·

图书在版编目（CIP）数据

太行文学作品选 / 万海东主编 . — 郑州：河南大学出版社，2020.7（2021.12 重印）
ISBN 978-7-5649-4219-9

Ⅰ.①太… Ⅱ.①万… Ⅲ.①中国文学－当代文学－作品综合集 Ⅳ.① I217.1

中国版本图书馆 CIP 数据核字 (2020) 第 079164 号

责任编辑	马 博　时二凤
责任校对	王 珂
封面设计	马 龙
出版发行	河南大学出版社
	地　址：郑州市郑东新区商务外环中华大厦 2401 号
	邮　编：450046
	电　话：0371-86059701(营销部)
	0371-22860116(人文社科分公司)
	网　址：hupress.henu.edu.cn
排　版	河南大学出版社设计排版部
印　刷	河南文华印务有限公司
版　次	2020 年 11 月第 1 版
印　次	2021 年 12 月第 4 次印刷
开　本	890 mm × 1240 mm　1/32
印　张	6.5
字　数	152 千
定　价	20.00 元

版权所有·侵权必究
本书如有印装质量问题，请与河南大学出版社营销部联系调换

做有温度、有态度、有气度的文学

《太行文学作品选》编辑委员会

主　编：　万海东
副主编：　付卫仓　刘志红　纪合现　李薇薇
　　　　　郭建华　郭成林　马林云　梁亚丽
文学指导：陈海生

序言

万海东

走在"太行文学"路上的我,可以套用牛顿的话来形容:我只是一个在海边玩耍的孩子,偶尔拾到一块美丽的石子而已,至于文学(真理)的大海,我还没有发现呢!

确实如是,到现在为止,我也只是循着"触动了我们的思维(林清玄)"的原则而已。幸运的是,"太行文学"得到了诸多文学爱好者的帮助,一路蹒跚地走到现在。在此,我一并表示感谢!

因为"太行文学",我结识了许多文学好友,不论职业、年龄和地域的差别。在"文之道在情,文之品在真"的招呼下,大家聚在一起,静时作文交流,闲时漫聊尽兴,也算是拥有了一方文学的小天地。

文学的繁荣,除了参天大树,也需有野草小花。"太行文学"就是一棵野草。当然,如果她有幸缓解了哪怕一点点你的心理疲劳或者释放了你的情感,就算我没有白白地努力了。

偶然性因素虽然占了许多,但从来就没有毅力的我,拥有她之后，便倾心倾力，一天也未曾耽搁，也算是坚持很久的一件事情了。从 2017 年 3 月底开始，原创，赞赏，推广，每天都有人督促、交流，提出意见和建议……要说功劳，都是大家的！

  一个平台能够长期存在，主要靠作品。"太行文学"的《夜回》《校长的名义之郭爱德》《我是父亲的"理发师"》《我的母亲》……都引起了极大的社会反响。许多作品被《红旗渠》报和《安阳晚报》刊发。其作者也是遍布各省区市，如河南、河北、山东、山西、北京、广东、黑龙江……

  太行文学，愿你越来越好！

2019 年 9 月 23 日

目录

散文篇

1. 夜回 ·· 刘志红 / 003
2. 我是父亲的"理发师" ···················· 付卫仓 / 009
3. 落叶满园红不扫 ································ 郭成林 / 012
4. 生活是什么？ ···································· 纪合现 / 017
5. 听采茶曲，享劳动美 ························ 王成吉 / 019
6. 女贞赞 ·· 王来宝 / 022
7. 难忘的暑假 ·· 杨存保 / 025
8. 我只要一个上进的儿子 ···················· 郭向勇 / 028
9. 泪花永恒 ·· 白云昌 / 032
10. 灰 ·· 秦林飞 / 035
11. 我的母亲 ·· 赵海军 / 038
12. 聆听生命拔节的声音 ······················ 王增海 / 041
13. 我家乡的小河 ·································· 方建增 / 043
14. 故乡的云 ·· 房海林 / 047
15. 鱼餐 ·· 常万朝 / 049
16. 身边的英雄——徐东方 ·················· 魏冬林 / 051

17. 苦难重压下的老人 …………… 胡军生 / 053
18. 仙桥卧波 …………………… 杨志青 / 056
19. 闲话读书 …………………… 武新华 / 059
20. 纪念三弟 …………………… 程银昌 / 061
21. 风花雪月 …………………… 任学兵 / 066
22. 北方初冬 …………………… 杨海明 / 068
23. 春梦无痕 …………………… 刘太义 / 071
24. 沧桑 ………………………… 郗剑强 / 074
25. 阳台寺 ……………………… 万海东 / 078
26. 祭杨贵先生文 ……………… 常青峰 / 081
27. 父亲喊我去吃饭 …………… 丁兰香 / 083
28. 通往另一处风景的小路 …… 刘志红 / 087
29. 最忆是海棠 ………………… 黄红霞 / 089
30. 湖畔 ………………………… 刘梅平 / 091
31. 幸福在路上 ………………… 尤艳芳 / 095
32. 我心向阳 …………………… 徐廷芬 / 097
33. 浮生半日闲 ………………… 王翠利 / 100
34. 麦田随想 …………………… 田静红 / 103
35. 韭菜 ………………………… 梁亚丽 / 106

36. 孩子，请接收艰苦！————张爱芳 / 109
37. 回家————王晓平 / 112
38. 陪伴是最长情的告白！————潘瑞青 / 115
39. 最美的时光————张凤云 / 118
40. 母亲的沉默————郭晓芳 / 121
41. 童年趣事————王鹏伟 / 124
42. 又是一年槐花香————王明香 / 126
43. 又是一年槐花开————岳晓芳 / 129
44. 拙才浅浅渡心吟————侯珍荣 / 132
45. 红糖蛋花汤————刘俊巧 / 134
46. 故园的枣树————杨琼林 / 136
47. 太行之秋————张兰波 / 138
48. 摘杏记————桑蔚青 / 140
49. 我和父亲————马林云 / 143
50. 雪样情怀————李薇薇 / 146

诗歌篇

1. 沁园春·红旗渠————陈海生 / 151

2. 一剪梅·悼杨贵 ⋯⋯⋯⋯⋯⋯ 李树旗 / 153

3. 故乡与远方 ⋯⋯⋯⋯⋯⋯⋯⋯ 韩进 / 155

4. 山乡秋色胜春光 ⋯⋯⋯⋯⋯⋯ 桑东林 / 157

5-1. 读《踏雪寻梅》⋯⋯⋯⋯⋯⋯ 陈友雄 / 159

5-2. 拜师黛玉 ⋯⋯⋯⋯⋯⋯⋯⋯ 陈友雄 / 160

6. 夕阳 ⋯⋯⋯⋯⋯⋯⋯⋯⋯⋯ 张长贵 / 161

7-1. 泥瓦匠自传 ⋯⋯⋯⋯⋯⋯⋯ 郭宝军 / 163

7-2. 悼念母亲 ⋯⋯⋯⋯⋯⋯⋯⋯ 郭宝军 / 164

8. 冰冷的雨 ⋯⋯⋯⋯⋯⋯⋯⋯ 流沙 / 165

9. 约定 ⋯⋯⋯⋯⋯⋯⋯⋯⋯⋯ 崔海岭 / 167

10. 秋之梦 ⋯⋯⋯⋯⋯⋯⋯⋯⋯ 焦新周 / 169

11. 故乡生长在悠长的梦里 ⋯⋯⋯ 任建昌 / 171

12. 蜜蜂 ⋯⋯⋯⋯⋯⋯⋯⋯⋯⋯ 吕建周 / 174

13. 想起了父亲 ⋯⋯⋯⋯⋯⋯⋯ 郭学军 / 176

14. 秋叶 ⋯⋯⋯⋯⋯⋯⋯⋯⋯⋯ 张增亮 / 178

15. 秋日私语 ⋯⋯⋯⋯⋯⋯⋯⋯ 万海东 / 180

16. 人间最美是烟火 ⋯⋯⋯⋯⋯ 郭嵘 / 182

17. 祝福 ⋯⋯⋯⋯⋯⋯⋯⋯⋯⋯ 刘书平 / 184

18. 长相思 ⋯⋯⋯⋯⋯⋯⋯⋯⋯ 侯庆红 / 186

19. 醉美临淇 ················ 梁亚丽 / 187

20. 见过 ····················· 李秋红 / 189

21. 年 ······················· 郝玲梅 / 191

22. 你不来，我怎敢老去 ········ 小青儿 / 193

23. 今夜又飘起雪 ············· 赵鹏飞 / 195

散文篇

刘志红

笔名河流,出身农家,性格憨厚,为人耿直,爱好文学。

1. 夜回

忙活了一天刚躺下,已是夜里十一点多了。浏览微信群,有关母亲节的内容刷屏了,随手点开了群友推荐的刘和刚演唱的《拉着妈妈的手》,本来很困,一听歌,睡意一时全无。不知怎的,忽然想回家,回老家!立刻,马上!不顾妻子的反对与担忧。

起床,更衣。

出门,下楼,开车。

深夜,独自一人踏上了回老家的路。

老家在石板岩镇,距市区70多里,本不算太远,但家在深山区,且又是盘山公路,车跑不开,再快也得1个多小时。

母亲过世后,父亲就和我们住在市区,老家的房子闲置了

20多年，年久失修，早已墙圮屋破。每次回老家，我都是住在同村的小姨家。

刚上路，我就有点后悔。已经快零点了，小姨一家恐怕早睡了。这会儿回去，真是太唐突了！

出市区时，路上行人已经很少了。

驶过平板桥，一上山路，忽然发现路陌生起来。我这才想起，前段时间林石公路刚刚拓宽改造，我还没有走过。大峡谷景区刚刚升了5A，由于这条公路是通往景区的要道，因此改造标准很高，不仅路面平整、宽阔了，还顺直了许多弯道。车倒是好走了，我却觉得少了当初的那份留恋，心里忽然愈加怀念起以前的老路来。

我十几岁时第一次出山，走的就是这条公路。弯弯曲曲的路，算起来，我已经走了30多年。我曾对好友吹牛，闭着眼睛往老家数算，哪儿有一个弯儿，哪儿有一个上下坡儿，哪儿有一座小桥，我都能清清楚楚、准确无误地记得。

回家的路，再远也不觉得远。

清楚地记得，1987年读林县师范时，我下山来到城里，猛一下觉得天地宽得没边没沿。尤其觉得山外的许多人情世故和老家不同，很长一段时间不适应，不适应就会想家。我躺在大寝室的床铺上，闭上眼，心思就溜着回家的路一直往老家返：哪里该拐弯，哪里该上坡，哪里该过桥，少年的思绪一节一节往家延伸。

美美地想，美美地数算着，思绪凌空漫步一步步朝家里走……

从师范的东山头到北关林石公路口步行六七里，来到八一站门口，趁着上坡的过路车速度减缓，我便利索地搭上拉沙的货车走40多里到林石路与任石路三岔口，下车后再步行20多里，才一路风尘地回到家。

那时候，回家一次得一整天。由于回家一趟太难，很多时候我只能躺在床上精神回家：想着回到了家，想着见到了娘，想着吃到了娘做的葱花小米焖饭。有时候想着想着，忍不住吧嗒嘴，仿佛那香味已飘到嘴边。睁眼一看，又常常会出神地望着屋顶发呆。

现在路况好了，车也有了，可惜娘已走了。

胡思乱想着，车辆前行至关界岭。明亮的车灯照到路边一块大平板石头上。目光滑过这块石头，我的思绪一下回到1984年的初秋。那时，我在郭家庄读初中。学校离家15里，条件所限，必须住校，通常两周放一次假。天还很热，周末放假，我便一个人步行回家。有一次走到半路，忽然上吐下泻，急性肠胃炎发作，由于脱水严重，我坚持走到关界岭，就迷迷糊糊地再也走不动了，便躺在路边一块石头上歇脚。也是冥冥中自有天意。那天娘刚好要去学校看我，一眼望见躺在石头上孤独无助的我，她心疼得要命。此时虽然回家更近，但村里没有医生。娘硬是用她瘦弱的肩膀背着我徒步10余里，把我背回到学校所在地的卫生所医治。娘的身子弱，胳膊上还挎着给我拿的干粮。我那时虽已上初中，但毕竟少不更事，当时并未体会到娘冒着烈日背我这10多里路的艰难，只是留恋娘那不算宽阔的脊背，仿佛又回到可随时腻歪在娘怀抱里的童年时光。

夜已深了，夜色如幕布般笼罩着蜿蜒的山路，路上只有我一辆车，我索性把车速降下来，慢悠悠地开着。没一会儿，悠到了五龙洞沟（我的老家）——西乡坪行政村的一个自然村。

村子在路上边,村口有两棵大柿树。说是个村,人丁最旺时也仅有7个院落、10户人家、36口人。小村三面环山,一面临湖,水光潋滟,树木葱茏。星星点点的几户人家散落在山坳内,隐隐约约的石板民居,点缀在遒劲的枝丫丛中,浑然一幅天然图画。

山是太行林虑山,水是石板岩南谷洞水库,也称"太行平湖"。现在,这儿常住着堂哥家两口人,杨四婶家一人,银秋叔家两口人,再就是最下面接近村口的小姨家两口人。

心绪浮沉间,车已停到村口。村口"值班"的两棵大柿树,早已不见踪影,而是变成了小姨家农家乐的广告牌。

看看时间,已是凌晨一点多。下了车,踏着石砌的小路,深夜里,聆听自己的脚步声,特别清脆。一声一声的呼吸,也仿佛比平时粗重了许多。我小心翼翼地走,但偶尔脚底板搓起的小石子还是会飞向路旁。我怕惊动了老家,心里却又希望它这时和我亲切地打个招呼。

村口就是小姨家。随着石板岩镇旅游业的兴起,姨父家也适时地开起了农家乐,在原有老房旁新建了一栋原生态风格的楼房,生意很是红火。这会儿院子旁停了两辆大巴,还有几辆小车,想是客满了。客房灯火通明,隐约有说笑声传出来,住宿的可能是写生的学生,吵吵闹闹的。

小姨和姨父还住在老房子里,此时灯已熄了。我走到门口,她家的老黄狗懒洋洋地爬出窝,在我这个熟人的裤腿上嗅了嗅,哼唧了几下,又放心地爬回去酣睡了。老家的狗,和老家的山一样,我对它们熟,它们对我也熟,谁和谁都不生分。

我静静地在风中待了一会儿,望着远处黑黢黢的山头,长长地出了一口气,拿捏不准到底要不要叫门。伫立片刻,想着他们累了一天,已经睡熟,不好打扰,我便擦墙而过,向村里走去,在小路上溜达。

借着灯光,抬眼环望,山岚朦胧,虽然层次模糊但气势丝毫不减。村北的阳坡上,有不多的几座坟茔。娘跟着爷爷、奶奶、大爷、大娘们就睡在那里。我一步步走近他们,顿时觉得周围的一切倏地安静了下来。

此时,只有我,和我的这些亲人,陪着静谧的山、安稳的水,无声地交流着。

坐在娘坟前的石岸头上,我眼睛微眯,贪婪地享受着:老家的风特别清新,微微的潮湿和着淡淡野草的味道,身边有蟋蟀偶尔低鸣,有咕咕的野鸟叫声从远处传来。睁开眼:村下如绸缎般的湖水映着闪烁的灯火微光,缥缈辽远……此时此刻,那属于整个村子的温馨与亲近,慢慢把心田充满。来时兴冲冲的,本来觉得有许多话想向娘倾诉,可这会儿不想表达,不想倾诉,只想安静地多坐一会儿,和老家耳鬓厮磨。

此时想起,自己深夜从市区跑回来,或许家中老婆还在担心着。若是娘在,怕是也不准我这样折腾吧。

翻手机看时间,微信上果然有老婆留言。一阵微风吹过,丝丝凉意袭来,才感觉又累又困。辗转一番,出村。

驾车。回家。

回来的路上更安静。车出太行隧洞后,俯视山下,灯火绵延。顺着盘山公路,曲曲弯弯地一路向下,我重新融入万家灯火中。

回到家,已是凌晨三点多,我蹑手蹑脚地走到父亲卧室门口,听他鼾声均匀低沉,睡得正香。回到卧室,老婆侧身背着我"酣睡",可我知道,她没有睡着……

付卫仓

教育工作者。性格憨厚,热爱工作,闲时爱好执笔涂鸦。

2. 我是父亲的"理发师"

忘了从何时起,我成了父亲的"御用理发师"。是那个秋风瑟瑟、落叶满地的重阳,还是春雷滚滚、暖日曈曈的春节?其实,这都不重要。重要的是这成了我与父亲最亲密的接触,也是我内心最甜蜜的时刻!

哦,也许,是剃头涨价的那个时候吧。父亲节约惯了,自然是不舍得多花钱的。他对我说:"剃头太贵了!10块钱,能买好几斤油条呢!"

"那我给你理吧?"我笑着说。

"你——?有那本事吗?"父亲瞪大了眼睛,"你"字拖得很长,脸上却笑开了花。

"多大的事儿啊!我会!"我不假思索地说。

我是"不知者无畏"。工具都不好买！跑了好几家商店，我终于买到了剃头刀。母亲烧开了水，我试好了温度，让父亲坐在小板凳上，先用清水，再用香皂给父亲洗净头发。是的，用的就是香皂，没有洗发水，父亲也不用，说香皂就很好，是真香呢！

头发不听我的指挥！剃后高低不平，好似初干农活的小子，不能把玉米茬埋到地里。母亲大笑，"这是驴啃地"啊！

我脸红得像秋天的苹果，下意识地摸了摸自己的后脑勺："干脆，我给你理成光头吧？"

"嗯嗯，光头就光头，省得我天天理，还得多花钱！"父亲倒是想得开，一点儿也不埋怨我！

我开始慢慢地在父亲的头上"耕耘"，像拉耙一样，把地弄平整。虽然我笨手笨脚，出了满身汗，但马马虎虎地总算交差了。

随着时间的推移，我的技术越来越好。有一次，父亲说："到门口理吧。"

"这是觉得我可以出师了吗？"我笑着说道。

我用毛巾围住父亲的脖子，开理！张大爷望见了，李大妈瞧见了……啧啧称赞！父亲自豪地说："我的头，一直是老四理的！"

"老张，你也要理啊？可以！我之后就是你！"许是父亲真的觉得我的水平提高了，竟自作主张地推荐起我来。

印象最深是那次重阳节理发。秋日的暖阳痴痴地恋着东岗的山脉，好似父亲在盼望着我回家。路被土沟拦断了，我只好步行，有3里多吧。

回到家，父亲提议走一走。我扶着80多岁的老父亲，一步一步，小心翼翼。父亲和街坊搭着话，满脸都是幸福。我的泪不由得盈满眼眶，我小的时候，父亲也是这样扶着我的吧？

我们就这样走着，到了村西头的那个大池子。暖阳似乎也更热烈了，使劲地拥抱，把身子羞得都出了汗。父亲突然提出就在这青天白日、天收地藏的时间给他理理发。

"好啊，我的车里正好有剃头刀。"我快乐地答应他。

"头倒是理好了，没地方洗啊？"

"就着池子水洗洗得了！"父亲倒是会想办法！

没有香皂，没有母亲烧的白开水，我用双手捧着老天爷的"泪花儿"，给父亲简单洗了洗。

"我活了这么大，还从没用过这么大的'洗脸盆'呢！"父亲爽朗地说道。

哦，父亲，什么时候您也学会了幽默？我的泪禁不住涌了出来。

父亲啊，哪怕您的腰身已像池边的细柳，眼眉低垂，我永远都是您不省心的小儿子！

父亲啊，孩儿已经长大！我愿做您身边繁茂的大树，累了，您就傍着我歇歇；困了，您就靠着我眯眯；烦了，您就对着我说说……

父亲，就让我给您理一辈子发吧！下辈子，如若有下辈子，我还做您的儿子！我一定把手艺学得好好的，您呀，想理什么发型，咱就理什么发型！可好？

郭成林

资深语文教研员。性格憨直,文笔老辣,常有佳作发表于报刊。

3. 落叶满园红不扫

星期天,跟着孙女去公园。前年抱她去,去年带她去,今年跟她去。4岁了,会发号施令了,只得听她的。北京的天空镜子一般,晴朗得通明透亮,看来夜里刮风了。现在也还在刮,大概觉得天蓝得还不够,亮得还不透,再吹一吹。

树下都是才落的黄叶,也还在落。因为一落就扫,它们别想聚堆。"等到秋风起,树叶落成堆。"这样伤感的情境被坚决地扫掉了,反而更叫人虚无。我这人酸,总觉得不妨留一点缺憾残余,叫人去藕断丝连,放牧情感,去惋惜去伤感去惆怅。一切都是现在时,反倒没意思。

风在夜里肯定做了大事。看那银杏,攒聚在枝头的是饱满的果实,光秃秃的,没有了叶子的遮护,仿佛在河里洗夜澡的人突然被一束强光照射,原形毕露在人家眼前,很是难为情。这时就想念叶子般的衣服。秋冬之落叶，如同春夏之生叶，是生命的一个任务。它和自然有个约定，有头有尾。春天，所有的树都长出叶子。冬天，在小雪到来前落完，实现生命的归零，留一片干干净净的大地给来年。小雪在即，这是最后一落了。

我在的小区，甬道两侧都是树，国槐居多，也有枫树、桐树，它们像完成任务一般紧紧张张地落叶。十几个保洁工排成两队，迎检一般，急急忙忙地扫，哧啦哧啦，还没扫到那头，屁股后边扑簌簌又撒一层。真替他们发愁，前边扫后边落，像是在做无用功，何不等落完了再扫？但可能有规定，它落它的，你扫你的，无用功该做就做，徒劳无益也得劳。有住户提过建议：反正不差这几天，干脆抡起竹竿把所剩无多的敲下来得了。保洁工说那也不行，它一落你就扫，不落又不能推不能敲，不然就跟工资说话。凡是动不动就跟工资说话的硬性规定，后边都有其刚性原因在。

风一阵，叶一阵，吹落满地金。分不清是风吹叶落，还是叶带风行。叶子是风的信号旗，它挥向哪里，风就吹向哪里。要没有叶子，谁会看见风？

我观察过叶落的姿态。落叶如舞，不同的树叶，不同的天气，有不同的落法舞步，也可以说是轨迹。有风时，那些树叶就按风的指挥，或急急忙忙箭一般射落，或飘飘摇摇仙女下凡一般飘落，或摇摇晃晃老婆婆喂鸡一般晃落，或将军帐中胡旋舞一般转悠着旋落。那时我往往怅然若失，沉浸于其中，欣赏叹惋，不能自拔。无风时，树叶是冻落的。叶子从枝上剥落之际，仿佛能听到"叭"的一声，之后便垂直下落，说是寂无声响，其实也有声音。我能听到无声之声。有时候，明明是没风的，一切都在静寂中，突然间有那么一片桐叶，与树枝分离，叶柄在前，叶片在后，降落伞一般向地面直垂，却又打着极美好的旋儿，一直旋到地面。想到小时候在河边，看那悠悠流动的水，突然间无缘无故出现一个"海螺眼"，极快地旋转，旋着流着，猜测下边有个什么东西在往上边吹气。

我凝视过落叶的情态。它们各就地势，或攒聚于树根处，或分散于草丛上，软软款款地覆盖着。落进湖里的也有，但不多，有那么一些也在湖畔漂浮，决不遮盖了水面。我于是觉得落叶也是很规矩、很严肃的。比较活泼的是那些叶片小的，有的落在亭子的瓦楞上，有的则落进竹丛中芦苇里。有时它也调皮，几片枫叶竟然落在小松鼠的头上。再看那一片片落叶，枫叶仍如在树上一样，亮丽红润；槲叶柳叶，依然展平，只是变黄变红了；桐叶本最丰满，变形就最明显，像荷叶扇一样蜷缩成团成拳；而柿叶则风姿不减，娇艳依旧，黄中带红，老来红，落也红。我想，红也好黄也好，各有各的美丽，在这告别的时分，在这短暂的乍合再分，在这匆匆一瞬，合合分分，它们各美其美，美人之美，美美与共，是为大同了。与其说是告别，不如说是凯旋。最后这一幕，奏出了生命的最强音和赞美诗。

我听过叶落的声音。冬夜，雪在窗外簌簌地落，叶子在黑暗中簌簌地坠。分明看到一片桐叶途经你窗，一掠而过，一闪即逝。猜测它落到雪里，落到河边的草丛里。那声音极不容易听到，也不易分辨，你得屏声静气谛听，才能于万籁俱寂中听到你想听到的声音。我就有这个本事，因为我往往把自己代入了同化了，在这雪夜，我伴送它欣喜地回归来处。质本洁来还洁去，来从无地归亦无。不懂禅意吗？听落叶，听出叶落悟得一半。

有时候我想，树，树叶，不但有生命，也是有语言的。这树叶，就是树写给大地的信，每一页上都有文字，密密麻麻，情真意切。我们不懂，大地懂。为什么叶落归根，根就是土地，那是叶子的故乡、老家，和母亲。当它们落往地面时，你能想到从军回家的花木兰，千里迢迢，风尘仆仆，奔向家乡，转过山边，跨过溪流，扑入娘怀。那是最后的回归，那是承诺的兑现，那是深情无限的千年一吻，一吻千年。

人很功利、世俗，对外物是用得着靠前，用不着靠后。好诗好词都写给了花，花开时给它笑，一到花落就不怎么看。对落叶更薄情，似乎把它与脏污挂钩，一落就扫，装袋进筐，不知弄到哪里去了。特别是有些叶子，坠落的途中不巧落在了扫帚上，连与大地的最后一吻也被取缔了。这更是残忍。落叶如落红，不是无情物，给它一点时间，让它与大地共享回归团聚之乐，也不错。其实如果无碍大局，如不在路上，无碍交通，可以留下它们养土、增肥。这也是寄托乡愁的一个地方，干吗要只剩下白茫茫一片大地真干净呢？网上有呼声，对落叶扫与不扫有不同意见，可见都想到这事这理了。

今年北京有的公园采取缓扫，对落叶保留一定时间，于是赏落叶也成了一景。中山公园那银杏叶，一地灿烂金黄，不是一层，而是层层错落。游客们也很珍惜，没人上去踩踏。在园囿周围，长廊外，观望、凝视、拍照，欣赏这一方美景。看风景的人也是风景，共同成就一种美丽。这是对生命及其谢幕的顶礼膜拜。与其说这是一种凄凉之美、凄婉之美，不如说是壮美、豪迈达观之美。这决策很好很文化。白居易曾经痛心地写"落叶满阶红不扫"，描摹出一种落寞凄凉。在我们这里，那最后一笑也是很美丽的，所以我把题目改成了"落叶满园红不扫"，不是没人扫，是有意不扫。

博大公园，落叶成阵，金黄绽放。孙女大呼小叫，在落叶堆中跑来跑去寻找那些特别大的叶子，妈妈也帮助她，很快集到一大把。走到草坪，树叶更多，任叶子如孩子般想集想散，寻高觅低，今日得宽余。有一个十分时尚的红衣美女去落叶上坐下，在落叶成阵的草坪上，摆出各种娇姿，职业摄影师在一边拍照，时立时蹲时卧倒。这种选取背景的思路和角度，也正好诠释了落叶那独特的美。

2018 年 11 月 18 日

纪合现

管理硕士，曾做过会计、律师，现在经商。

4. 生活是什么？

生活是什么？

生活是少年时环绕村庄的清清的洹水河，是庙宇里传来的琅琅的读书声，是被牛羊啃噬完草皮的荒芜的小白坡……

生活是刚参加工作时豫西千米地下深深的巷道，还有那采煤面、窑炉旁、拉管线上汗流浃背的难兄难友……

生活是踏遍豫皖大地、初入商场的书生意气，还有那法庭上的针锋相对、唇枪舌剑……

生活是布衣粗食、柴米油盐、相濡以沫，还有那春阳、夏荷、秋的收获、冬的欢乐……

生活是我为之奋斗10多年的吊车厂房、港口码头，还有那焦炉旁、地铁上轨道延伸的远方……

生活的一半是记忆,另一半是继续。昨天再好,也走不回去;明天再难,还得继续。昨天的太阳永远晒不干今天的衣被!

生活是一幅奋发的画卷:有我少年时的勾勒,青年时的浓墨,中年时的重彩。

当作别年少轻狂,岁月的风霜爬上额头,更懂得人生不易、事事艰辛、且行且珍惜的真实含义!

生活是希望、是奋斗、是努力。不奋斗,才华如何配得上任性?不奋斗,脚步如何赶得上儿女成长、社会发展的速度?不奋斗,世界那么大,靠什么去看看?

每一次努力不一定有收获,但每一次收获一定得付出努力!生活多次告诫我:你天生并不强大,但你天生要强!

王成吉

林州市作家协会副主席，林州市音乐舞蹈家协会艺术指导。创作的《我要像太阳一样工作》《踏歌行》《最美的时光》《与太阳同行》《林州蓝》《我家在林州》《滑翔之歌》等作品被谱曲传唱。

5. 听采茶曲，享劳动美

　　安步当车，踏歌而行，是我多年来养成的习惯。今日是五一国际劳动节，搜了一首吕薇演唱的《采茶舞曲》来听，欢快的旋律、甜美的声音一下子就让我醉了。再听，我又被生动活泼的歌词给迷住了。这首歌用通俗俏皮的语言惟妙惟肖地描绘了采茶和插秧的场景，唱出了劳动的欢乐和美好。

　　大乐必易，伟大的音乐必定是简约的，是劳动人民喜爱的。谁能创作出这么好听的歌曲呢？我百度了一下，原来词曲作者是周大风，敬爱的周总理还改过这首歌词呢。周总理听后点评它"有时代气氛，江南地方风味也浓，很清新活泼"，专门叮嘱周大风："有两句歌词要改（原词'插秧插到大天亮，采茶采到月儿上'），插秧不能插到大天亮，这样人家第二天怎么干活啊？采茶也不能采到月儿上，露水茶是不香的。"周总理建议他到梅家坞采风，再好好改改这两句词。之后，周大风来到梅家坞体验生活。在那里，他一直思考着，可怎么也想不出更好的。几年后的一天，周大风正在茶园劳动，一辆轿车突然停在身边，走下来的竟然是周总理。他对周大风说："周大风，你果然来了，词改好没有？"周大风没想到总理日理万机，却一直关心着他这个普通的文艺工作者，几年前说的话，竟然一直挂在心上。他照实说"歌词改不出来"。

"你要写心情，不要写现象。'插秧插得喜洋洋，采茶采得心花放。'你看这样改如何？不过只给你参考，你还可再改，改好了重新录音。"总理沉吟了一下说。

后来，周总理改过的这首歌曲被联合国教科文组织选编为教材，唱响了全世界。

周总理改歌词这件事把我深深地感动了。不知疲倦、夜以继日为人民服务的周总理希望他的人民能劳逸结合、快乐工作，真是可亲可敬的好总理啊！

劳动创造了人，劳动养活了人，劳动创造了丰富的物质文明和精神文明。劳动是一切欢乐的源泉，一个人只要能热爱劳动并乐于助人，这个人的身心就一定是健康快乐的，就一定能与他人、社会和谐相处。

小时候在农村，放学之后经常挑着两只水桶到离家一里多地的水井打水。水井上架着一个辘轳，辘轳上缠绕着粗麻绳，麻绳头接着一个铁链子，我们用铁链子把水桶固定住，一圈一圈系到深井里，再一圈一圈地摇动辘轳，把打满水的水桶拉上来。经常是蹲下来用嘴就着水桶先咕嘟咕嘟喝饱肚子，再晃晃悠悠地挑着水往家走，一路上哼唱着《学习雷锋好榜样》或者

《我们是共产主义接班人》，不用换肩膀就到了家，清澈甘甜的井水至今想起来还觉得浑身清爽不已。

等到农忙时节，我们这些孩子也都跟着大人们忙碌在田间地头，真正体会到了"锄禾日当午，汗滴禾下土"的滋味。劳动是艰辛的，又是欢乐的。劳动不仅能增强体质，还能磨炼意志。如果当时能听着《采茶舞曲》做农活儿，该是多么美妙的场景啊。

人生充满辛苦，但还要诗意地栖居在大地上。有没有那么一首歌，能让你轻轻跟着和？愿每一位劳动者都能把工作和音乐结合起来，用心而愉快地工作，健康而快乐地生活。

向所有劳动者致敬！祝所有劳动者五一劳动节快乐！

王来宝

祖籍林州市桂林镇,大专文化,从小喜爱文学,长期从事中学语文教学工作。

6. 女贞赞

每天上下班走在大街上,看到一排排生机勃勃、郁郁葱葱的女贞树,我心中便油然而生一股敬意。

我对女贞树的敬佩之情早已有之。咱们撤县改市不久,她就安家林州,那时,我不知道她的名字,只觉得她像冬青,不过又比冬青长得高,还长成了树,一年四季碧绿可爱,给人以蓬勃向上的勇气。后来,我到南方旅游,发现那里有很多这样的树。在公园里,这种树名都用中英文写在一个小牌子上,名曰女贞。啊,女贞,多么好听的名字!在那青山绿水之间,她们棵棵擎着巨大的绿盖,格外出众,成了一道亮丽的风景线。自从知道她的芳名以后,我就一直关注着她。

李时珍的《本草纲目》中说:"此木凌冬青翠,有贞守之操,故以贞女状之。"有一个凄美的爱情故事,给了清晰的诠释:传说在秦汉时期,浙江清安府有一对相爱很深的男女,后来,女子为反抗父母的包办婚姻而殉情。痴情男子日日夜夜到坟前凭吊,思念成疾,有日忽见坟上长出一棵繁茂的绿树,果实乌黑发亮,遂摘下几颗入口,味先苦后甜,他顿觉精神倍增。从此,那男子每日摘果充饥,过早而生的白发逐渐变黑,身体得以康复。男子由果实而想到贞女,因此取名女贞树,此果子也就有了女贞子的名字。

你看,在那春寒料峭、万木萧疏之时,她傲然挺立,那如盖的树冠,以碧绿的身姿向人们展示着春天的气息;赤日炎炎的盛夏,她开出洁白的花朵,把绿叶衬得更绿,给人们送来一片片绿荫;金风送爽的秋日,累累的女贞果挂满了绿枝;严霜过后,好多风景树的叶都变黄、变枯,甚至加入"无边落木萧萧下"的行列,她却依然一身绿裳,与那凌寒不凋的青松、翠柏、绿竹为伍。

且不说她的果实有滋阴补肾、乌发明目、利肝益心的多种药用功效;且不说她的绿叶有降低噪声,抗拒烟尘、粉尘的环保功劳;也且不说她婀娜多姿亭亭如盖,深具美化环境、改变市容市貌的功能,单说她在任何情况下都不忘初心、永葆绿色的精神风貌就值得人们大赞特赞。远的不说,就说咱们林州20世纪60年代,县委县政府领导带领十万大军,不忘初心战太行,干群不怕苦、不怕饿、不怕卡、不怕压,硬是坚持不懈,修成了人工天河——红旗渠,这不正是女贞树不忘初心、永葆绿色的精神写照吗?后来的历届领导,带领人民在改革开放的舞台上演出了一幕幕出太行、富太行、美太行的威武雄壮的连续大剧。这也正是女贞精神的见证!

如今，林州大地上的女贞树越来越多，成行，成片，蔚为壮观，令人振奋，令人感叹。感叹之余，我写下了一首小诗：

女贞移林虑，四季常葳蕤。忠贞守初心，选作市树未？

所以，作为一种精神象征，女贞树是可以当作市树的。她可以激励人们蓬勃向上、永葆本色，为实现中国梦而奋勇向前！

我赞美你，女贞树！

杨存保

退休教师,热爱教育事业,从事教育工作40多年。从小爱文学、爱文字。在职期间爱写工作随笔,并在《安阳日报》《林州教育通讯》发表通讯报道多篇。

7. 难忘的暑假

1979年暑假,河顺公社教改组举办音乐教师培训班,地点就在河顺完小。教改组抽我和完小的音乐老师魏文仓担任培训班老师。

河顺完小大门朝西,正好面向河顺大街。进去校园,北边一个教室是音乐培训班用。东边一排房屋,都是教师办公室兼寝室,教改组给我安排了一间。东屋南端是厨房,配有伙夫,专门为学习班学员和老师做饭。文仓老师是河顺村人,吃住都在家。

文仓老师比我大两届,和我二哥是九中同学。他既懂音乐,又擅长体育。高高的个子,红里透黑的脸膛,常带有亲切的微笑;浓眉下一双眼睛,常透出慈祥的目光,一看就是善良忠厚之人。

音乐培训班没有现成的教材，我俩就合作刻印了一本音乐学习资料。我们先整理好音乐基础知识（如何识简谱），又从音乐杂志里选了十几首歌曲，然后，我用钢板、刻笔、蜡纸一页页刻写出来，再一起用油墨推辊油印机，一张张印出来，用订书机集订成册（音乐知识在前，歌曲附后），发给音乐学习班教师人手一份。其间也从学习班抽选学员帮我们刻写歌曲、油印资料。

有一天，我突然中暑了，头疼恶心，白天硬撑着上课，心想挨挨就会好的。不料吃过午饭后就吐了。呕吐过后，仍觉得头昏脑涨，浑身无力。下午，我去河顺卫生所买了治疗中暑的药，晚饭也没吃，服药后便早早躺下休息。

到了半夜，迷迷糊糊中感觉有人敲门，我开门一看，很惊讶，文仓老师正端着一大碗鸡蛋汤站在门口！进门后，他把汤碗放到了桌子上，微笑着问我好点没。我说好多了。他接着说道："趁热喝了吧，晚上没吃饭怎么能行？明天还要上课呢！"霎时，我的眼泪忍不住往上涌，我赶紧低下头不愿让他看见。然而，他偏偏看到了，关切地问道："想家了？"我抬起头来，强装笑脸，说："黑更半夜的，你给我送汤来，我不是想家，我……"我一时哽咽说不下去了。

他笑着安慰我："别哭嘛，那么大一个人了，像小孩子似的。"我使劲忍住眼泪，坐下把汤喝了，他才离开。临走还嘱咐我："明天别去厨房吃了，到我家去吃饭啊！"我送他到门外，看着他逐渐远去的身影，我眼睛里又噙满了泪花……那晚，我清晰地记得：夜空晴朗，月光如银，繁星满天。

第二天中午，文仓老师硬是把我拉到他家里，在他家吃了两三天饭（早饭我在学校吃）。每天他爱人变着花样，像待亲戚一般招待我：中午不是西红柿鸡蛋打卤面，就是肉菜大米饭；晚上吃她蒸的馒头，喝小米粥，就着小咸菜或者是炒一道菜。按现在的话来说，吃的是纯粹的绿色农家饭，直到我身体完全康复。

岁月悠悠如歌。41年了，那几天的温馨记忆，仍如昨日，历久弥新，暖暖在怀。

郭向勇

林州市九中教师。热爱文学,有一颗积极向上的心。

8. 我只要一个上进的儿子

偶尔发现了一封写给儿子的信,重读之后,我百感交集:当时他刚升入高三,思想开小差,成绩明显下降。也许是这封信的缘故,他幡然悔悟,最后竟考上了一本。故与读者分享。

儿子:

明天 10 月 1 日,你升入高三就一个月了。其实,岂止一个月?我给你转班的那一天就是你高三生活的开始。那天,我很纠结,但我想,你大了,我只给你参考意见,不想左右你的思想,所以我违心地同意了。

那一段时间,我看见了一个完全不同的你:主动学习,勇于克制,我很欣慰。特别是你给我的那张"军令状",虽然简单，却让我看到了一个不服输、有目标的 18 岁青年的气概。我真觉得我当时"违心"的同意是值得的。因此，我想，只要我的孩子能从头开始，无论多么艰辛，都值！

第 4 名，第 3 名，第 2 名，这是你前 3 次的成绩。虽然只是班内名次，但每一次都有提高，我很知足，我不是不可理喻的父亲。后来，奶奶回老家，接连在家住了好几天，你提出了"想跑校"的想法。说实话，你在学校住，我们省心，但也心疼你吃住受点委屈，我手机 24 小时开机，就是生怕你哪天有个头疼脑热一时找不到我。你要跑校，学校不同意，我三番五次跑到学校找班主任、年级主任，碍于熟人的情面，他们同意了。还是那句话，我不想左右你的思想，只想为你提供坚强的保障。孩子，我不知道你是怎么想的，在跑校的那些日子里，我总觉得，我没有缺失我的关爱，妈妈不在了，我总想用双倍的父爱来弥补。可是那几天，孩子，说句掏心窝子的话，你做得不太好。那些天，你看不出我的明显变老，可我能感觉到。那几天，我总在想，你那些既没在家，也没在学校的日子到底去了哪里？和谁在一起？都做了些什么？你是否还记得，有一次你告诉我你把同学送到校外，自己翻墙回到了学校。姑且不说你回没回去，就是翻墙，我觉得就很不应该；还有一次，考试刚结束，你说你考得很糟，哭了一个晚上，不想回家了，我深为你的"知耻"而欣慰，可事后才知你去给一个同学过生日了。这两天，天气冷了，连续两天你都没回来。今天上午我到学校办公事，和年级主任一起从你们教室门前经过，那节课应该是化学课，教室里的你却趴在桌子上睡着了。我的脸瞬间红到了脖子根，感觉无地自容。我给主任的承诺（孩子跑校，第一保证安全，第二学习成绩不下降）何以兑现？我一时没了底气。于是把你叫出教室，但看着你单薄的身子，满腔的怒火一下子又烟消云散了。那些气愤、指责都变成了无奈和怜惜。匆匆忙忙地，我走出了学校。真不知道，我还敢不敢去学校看你。过去，老师曾一再说到你有这个现象，我却总不愿相信，可今天，我不得不信。回去的路上，我深深地自责了很久，我为自己没有尽到一个父亲的责任而懊恼。几百米的路，我却走了很久。

孩子，你这次考得不理想，你已经很不好受了，我不愿在你的伤口再撒盐，只好在我的伤口涂上一层层的辣子。你说你哭了一个晚自习，我宁愿相信。我想你应该会痛定思痛，寻找症结，迷途知返。每次考试后，单位同事都会问我你的成绩，因为曾经，你是这个学校的优秀学生，也曾经是爸妈引以为傲的资本。但这几次，我都不敢接这个话题。孩子，你也许不懂，像我们这个年龄，有个优秀、懂事、上进的孩子才是最值得炫耀的。这次成绩差的原因你应该最清楚，就看你是不是正视，是不是能够改正，是不是能够有信心东山再起。

孩子，爸爸为师20多年，从事了10余年的学校管理工作，见过太多类似你目前状况的学生，我开导过很多孩子，也帮助过很多孩子，但学生再多、再亲，都只是工作关系、职责所在。你是我的孩子，割不断的血缘关系让我不求任何回报地去理解你的叛逆、欣赏你的成功。18岁，远不是心智完全成熟的年龄。我的18岁也曾经有过许多不成熟的想法和做法，甚至比你更荒唐。孩子，教过你的老师都说你是个聪明的孩子，有思想，有魄力。所以，我才更想努力培养你成才，真的，爸爸只想让你成为一个上进的孩子，将来有更多的选择机会，我不求你的回报，只是不舍得你这块聪明的材料。这几天爸爸还发现一些细节，家里那个手机不见了，你的书包开始上锁了……上课瞌睡、手机不见、书包上锁似乎和成绩下降没什么必然的联系，又似乎有某种内在的联系。国庆了，人家都祝我快乐，有一个上进的儿子，便是我眼下最大的快乐。再有二十来天，妈妈就要周年了，我希望，到那一天，我带到妈妈面前的儿子，是一个懂事上进、顶天立地的男子汉！

孩子，天快亮了，你必须醒醒。爸爸期待你的回音。

白云昌

河南安阳林州人,军旅 10 余年。今又从警铸金盾,热爱文学,喜交良友,常有作品散见于网络报端。

9. 泪花永恒

每年都来这里看你,30 多年了,我从未间断过。但我深深地知道,这一次,也许是最后一回了,因为我的身体再也不允许我长途奔波了。

几天来,我就这样坐在你的身旁,静静地望着你,任泪水模糊我的双眼,而你一如既往地沉默不语。我只好自言自语地重复着与你说过无数遍的话,那是咱俩的悄悄话。我轻轻地抚摸着你冰冷的脸庞,拽着你的手,追忆着与你一同走过的风雨春秋……

好兄弟,你听到我的呼唤了吗?你知道我在想念你吗?

山风吹过,松柏颤动,袭来的是阵阵热浪。祖国西南边陲的这片山林就是你的家,"房子"不大,仅容你一人住下。成排成排的"房子"，虽小却整齐、庄严、肃穆，俨然是一个队列方阵，是军人沙场点兵、出征后马革裹尸、青山处处埋忠骨的绿色方阵；是军人特有的一二三四数字的排列；更是一二三四振聋发聩喊杀声的组合。这一个个为捍卫祖国领土完整而倒下的军魂，你们血液里流淌的是生生不息的中国魂，造就的是中华民族不屈不挠的原生动力！

战友啊，兄弟！一晃，你在这里已经30多年，你是否还记得风雨中我们曾一起走过的岁月？还记得我们一起巡逻吗？还记得我们一起摸爬滚打吗？还记得营房前那棵树吗？还记得我们一起宣誓"向雷锋同志学习"吗？

我多么希望能与你一起谈天说地，与你一起放声歌唱，可我知道永远不可能了。你早已化成了一块小小的石头，深深地融入到了你身下的这片泥土之中。你能感受到的，也许只是我眼中滚烫的泪珠。

看着你的"房子"——这冰冷的墓碑，我泪眼蒙眬，心中哽咽。仰望苍穹，强忍着把泪花和想跟你说的话一同咽下。

烈日骄阳下，松枝斑驳的影子庇护着你的"房子"。墓碑上你的名字也随着光影闪烁，点点泪花顺着雕刻你名字的笔画一点一点地浸透，仿佛在重新书写着你的名字，泪水与那殷红的笔画慢慢地溶化在了一起，把你牺牲时战火硝烟的一幕烙印在了永恒的泥土之中。

30多年前，西南边陲的那场战争，长空烈焰，炮声隆隆，大地颤动，枪声撕裂，硝烟弥漫。作为陆军学院年仅23岁的见习军官，你与战友们穿雷区，越堑壕，直扑敌阵地。长歌当哭，残阳如血，拔点战斗的惨烈程度神鬼皆哭。当攻下敌人阵地，肃清残敌，打扫战场时，你为了掩护战友被一颗罪恶的子弹击中了胸膛。生命的年轮与相扑勇救战友时的影像，便永远被定格在了西南边陲的这座大山之中……

战友啊，兄弟！虽然你们已经离去，但共和国的土壤里有你们付出的爱，共和国的旗帜上有你们血染的风采。

正是有了你们英勇无畏的牺牲，才有了今天祖国的安宁，祖国不会忘记你们，人民不会忘记你们！

泪花永恒，丰碑永驻，精神永存！

秦林飞

笔名业欣,喜欢用文字记录一切,与大家共享。

10. 灰

  外面的雨,片刻也不曾停歇,淅淅沥沥、哗哗啦啦的,敲打了整个夜晚,直到现在还没有停顿下来的意思。我已经很久没有像这样安静地坐过了,前些日子的烦,都是积于琐屑与自己的想不通,好在也已过去了。此刻,便是早先里已经安排好了的事情,我也不愿去想它了。只想如此静静地坐着,掬一杯雨声细细,润一润自己的心。

  蜗居在室内,沏上一杯茶,默默地看着杯中的尖尖在熟水中舒展起筋骨,动着、涌着、挤着,突然间就觉得那一片片小小的叶子此时也有了生命。怪不得内行人常说:"茶是用来品的,须得用心。"但对于像我这样只晓得拿水解渴的人,那样的要求却是有点高了。姑且不去惹它,就这样静静地看着,又何尝不是一种享受呢？我追求过风风火火，也喜欢静听叶落。

外面的凉终究还是触到了我，和着点儿雨星，丝丝点点，带着讯儿，更像是在提醒我，那些恼人的天儿就要过去了，而后的清爽就要来了。是的，伏日里的热拌着湿，最使人感到不适了。焦躁又无处寻找到凉，会使人感到极其不好，时常想要发之于外，又无济于事，怕是也要伤了自己，那又何必，又能如何呢？终归是会过去的，不管现在多么狂虐，终也逃不过节气，那便是它的宿命了。

西边的岭还是不见了，是天上掉下来的灰把它给捂了个严实。我讨厌这种介于黑白之间的东西，像是在我的窗上也挂了一道帘，让我的心不能明镜一样了。傻傻分不清那远处的是烟，是山，还是雨的天，隐约觉得这也许就是老人们所说的"连阴天"吧。近前的肯定是雨，远处的就不能有十分的把握了，都是那种讨厌的碍了眼，但我还是觉得那也一并应该是吧，因为听老人们说过最恼人的天里会有"垄沟雨"的。对于那样的景象，马上就会联想到老舍先生在《骆驼祥子》当中的描述："南边的半个天响晴白日，北边的半个天乌云如墨。"但那样的下雨天只有在炎炎夏日里才会上演，而现在已是立秋过后老长的日子了，肯定不是那种景象的雨。我讨厌那样的感觉，但对于像这样的下雨天却是喜欢得紧，也只有这样的雨才能让平日里紧张的节奏慢下来，使人缓一缓、歇一歇。这雨，缠缠绵绵，惹着人，还挂着心，甚至想就一直这样吧！

憩后的时光如故，恬静和着份淡雅，外面的雨丝丝细细，杯子里的尖尖又一次展示着活力，不同的是那讨厌的终于把那西岭给还了回来，西岭的棱眉清目我是了然于胸的。我喜欢那种自然的雕琢之美，每次去欣赏它，都能给我带来愉悦。我的心情便也敞了起来。我还是觉得事物本应如此，山便是山，云便是云，天便是天，清清楚楚，明明白白。

　　我讨厌那种介于黑白之间的东西，不管它曾经是否丰富过七色、粉饰过万千，因为它曾经迷惑过我的眼，遮挡过现实的真，我是如此讨厌它，也就不需要什么额外的理由了吧。

赵海军

教育工作者,喜好文字,文章散见于"太行文学"、《红旗渠》报等。

11. 我的母亲

母亲离开已整整 4 年了,但她的音容笑貌永远活在我们的心中。

母亲是一位勤劳的农家妇女。打我记事起,天不亮她就起床,给我们张罗饭菜。等我们往学校走时,父亲和母亲已经在地里了。中午我们回到家,母亲刚从地里回来,不顾满脸的汗水,开始擀面条炒菜,在烟熏火燎中做着午饭。下午我们放学回到家,做完作业之后,暮色四合,华灯初上,父亲母亲才披星戴月荷锄而归。这样的经历伴随我走过了纯真的童年。耳濡目染间,我也学会了好多本领,诸如擀面条、烙饼都不在话下。前几天回去看父亲,我还依着母亲的样子蒸了"油眼卷子",是母亲不折不扣的"衣钵传人"了。

母亲性格平和,从不和人高声言语。她为人和善、同情弱者。每当乞讨者从家门前经过,母亲总是又给衣服、又给饭菜,奉献着人世间的温暖。母亲总是给我们讲,他们是社会的弱势群体,这样做是雪中送炭,是人世间最大的善事,比烧香磕头要实在得多。

小时候,一个大雪纷飞的日子,一个乞丐哆哆嗦嗦地在家门外的大街上走着。他脸色发白,嘴唇乌青,穿着露着脚指头的单鞋,脚部红紫。母亲让他喝了姜汤,毫不犹豫地把父亲的旧棉鞋给了他。我很是不解,母亲教育我,给了他鞋,自己还可以再做新的,但是如果他一直穿单鞋,就会冻坏脚,他是最需要的。由此,我学会了善良。

母亲胸怀宽广,处处以大局为重。父亲弟兄两个,大伯从小患有眼疾,干不了重活,一家人的生计重担自然就落在了父亲母亲的头上。母亲从来都是给奶奶、大伯以最舒心的照料,从不挑三拣四、拈轻怕重,而是以她的孱弱之躯维系着家庭的温馨。母亲远离闲话世界,邻里纷争从不参与,对于别人的说三道四总是一笑了之。一切淡然处之,自然风轻云淡。以宽广的胸怀看待这个世界,以宽容的胸襟理解这个世界,这是母亲给我们树立的思想道德丰碑。

我的家庭是贫困的,但是丝毫没有影响母亲支持我上学的脚步。离开村子到镇上去上初中,每次离家之前,母亲总是给我备足干粮,准备好充足的钱票,千叮咛万嘱咐要吃好。母亲站在村口一遍又一遍地向我招手,成了我记忆中送行的一道风景。钱票来之不易,都是父亲和母亲勒紧裤腰带、一个子儿一个子儿地攒下来的。可他们从来没有喊过累叫过苦。母亲对待生活那种穷且益坚、任劳任怨的乐观态度,始终鼓励着我前行的脚步。

我参加工作后，有了自己的小家。本希望来回报父亲母亲，让他们过上好一点的生活。可是，对于我的"孝顺"，母亲总是数说我的"不是"。总是说我们年轻人新成立家庭，需要钱的地方多，他们都还健康，有勤劳的双手，可以满足自己的需要。不仅如此，她还经常给我们蔬菜粮食。

就这样，在一次又一次的"行孝蹉跎"中，母亲从中年到了老年，从黑发到了白头，从健康的岁月走向了多病之秋。母亲病倒了，在经历近两年的病痛折磨之后，走完了辛苦劳碌的一生。她的心里总是装着她的儿子，装着别人，最后想到的才是自己。

我把母亲的照片放在我的办公室，她那慈祥的笑容永远陪伴着我，她圣洁的人性光芒永远照耀着我，她永远教导我要勤劳勇敢、真诚善良、朴素求真，她永远鼓励我向前、向前、再向前！

王增海

林州市横水四中教师。居陋室淡泊明志,游群山遍览胜景,崇尚诗和远方的生活。

12. 聆听生命拔节的声音

夏至火热,蓝天无云,鸟语蛙鸣,万物葱茏。用心倾听,听花开的声音;用心感触,触拔节的韵律。心声心语交织,感受夏的熏陶洗礼。

夏热梯子山,四中校园花开正旺。置身花丛中,感受教育的和风细雨,聆听生命拔节的声音。

我听到了安全教育的润物无声、师者的谆谆教诲,板报上,橱窗里,电子屏上……一条条安全提醒,一簇簇鲜花盛开,一本本安全教案,一摞摞安全档案,都凝聚着师者的心血。烈日下路队师生同行,细雨中打伞师生共沐,教师叮咛,家长配合,共同打造了孩子健康成长的时空。安全比天大,领导挂心间,督查中脸上洋溢着满意的笑容。

我听到了毕业班备战中考的铿锵旋律！三年的披星戴月，三年的学海泛舟，无数次的沙场鏖战，无数次的流泪欢笑，成就了坚强自信乐观的群体！面对中考，我们沉着应战；面对期盼，我们奋力前行！教师苦口婆心重心在细节，家长语重心长内心在祝福，家长会敞开心扉交流，总结会直指要害，动员会慷慨激昂，备战中考，让生命之花怒放六月。

我听到了升级考场上的沙沙声，像轻风，似细流，可爱的学子凝心聚气、专注答题，监考教师细心嘱托、严格要求，一场互相比拼、展示成果的大剧正在酣畅上演！怀揣教育情怀的市镇领导巡查指导，俯下身细看试卷，扬起头激励赞扬，师者仁心，一群教育者把教育的赞歌唱得荡气回肠！

漫步教育乐园，看花季少年健康成长，听生命拔节节节高攀。为师幸福满满，做好传承，甘为人梯，不忘初心，让花开更艳！

方建增

昔日煤小伙，现在泥瓦匠。热爱生活，爱好文学。

13. 我家乡的小河

我的家乡姚村镇三孝村，位于太行山脉林虑山下，历史悠久，文化源远流长，我国二十四孝中的"郭巨埋儿"就发生在这里。村前有条小河，名为洹河，也叫安阳河。她发源于林州，流经安阳县，在内黄县境内流入卫河，后汇入海河。千百年来，昼夜奔腾，川流不息，孕育着沿河两岸人民，她是我们的母亲河。

她从太行山鲁班壑走来，又从我的家乡出发，沿着山涧，弯弯曲曲向东流去，流在我童年的记忆里，流在我的心里。

我是吃着洹河水长大的。昔日的洹河水清澈见底，无忧无虑地流淌着。在我的记忆里，无论多长时间不下雨，她从未干涸过；无论遇到多么大的艰难险阻，她总是微笑着、歌唱着从我们村前愉快地流过。每到拐弯处还流连忘返，打几个转，旋几个涡，好似依依不舍的样子。啊，我心中的小河，美丽的洹河。

我们村属山前平原地带，由洹河水常年冲积而成，土地肥沃，风景秀丽，四季如画，有月亮湖、莲花池、芦苇塘、马龙泉、东河湾、老榆潭等多处景观。洹河流经我村有近10里长，在村前面拐了个弯，河道变宽，水流变缓，南北宽达200多米。我们村东最窄处修建有拦河坝，一弧长800多米的半圆形湖面在此处形成了，因形状像半个月亮，又称月亮湖。河把这湖、池、塘、泉、潭都串通起来，长藤结瓜，既能灌溉农田，又能调节水位。

河湖两岸长满了榆树、杨树、柳树，郁郁葱葱，有的大树直径达60至80厘米粗，我们几个人手拉手才能合围住。河滩上长有茵陈、蒲公英、翻白草、车前子、天麻、透骨草、蝉蜕等10多种中药材。湖里不仅有白条鱼、鲶鱼、鲫鱼、黑鱼等多种鱼类，还有甲鱼、河虾、螃蟹等。

春天，树木发芽，小草吐绿，河边垂柳倒映在湖面上，一对对鸳鸯在书写着爱情故事，莲花池里的莲花长出了碧绿的叶子，芦苇也如雨后春笋般竞相生长，周围飘荡着各种花香和麦香。湖里的鱼成群结队，自由自在地游来游去，不时有鱼跃出水面，荡起阵阵涟漪。杨柳吐絮，百花齐放，风景如画，好一派春意盎然的景象。

夏天，莲花池里的莲花盛开，露出粉红色的花朵，青青的、圆圆的叶子上边淌着晶莹的露珠，有几只蜻蜓立在上头，红绿相衬，花香四溢，美不胜收。芦苇塘的芦苇，形似绿的海洋，在风中荡起道道碧波，那是谁也比不过的壮阔。

秋天，芦苇甩出了长长的芦穗，百花凋零，芦花则肆意盛开，在微风里摇曳婀娜的身姿。金黄色的稻谷随风摇摆，湖面上波光粼粼，空中飘荡着芦苇香和稻香。树上的知了高声歌唱，芦苇塘里的小鸟叽叽喳喳，稻田里的青蛙呱呱叫个不停。真是碧水蓝天无墨无笔图画，鸟语花香有声有色文章。

冬天，如果来场纷纷扬扬的雪，芦花如雪花，整个世界都变得圣洁了。"蒹葭苍苍，白露为霜。所谓伊人，在水一方。"芦苇便成了洹河源头一道靓丽的风景线。

洹河岸边的人们每天早起做的第一件事就是到河里挑水，各自把自己家的水缸挑满水，满足全家人、畜一天的吃、洗、用。河水没有水垢，可甜了。

我和小伙伴们白天去河边捕鱼、捞虾、捉螃蟹，傍晚去树林里摸金蝉，这些鱼、虾、蝉是我们童年、少年时代唯一的生活补品。嬉戏之后我们就去采药材，采回去后晒干，再徒步到10里外的镇上把药材卖掉，这些收入便是我们的学费和零用钱。

我们村的学校在村东边的洹河北岸上，坐北朝南，以前是座寺庙，1949年后改为学校，我的小学、初中都是在这里读的。一到夏天，教室里闷热，老师就带着我们去树林里上课，微风轻拂，花香扑鼻，我们都赤着脚踏在凉爽的沙滩上，要比现在的空调教室舒服多了。老师教我们朗读课文，这种"窗临水曲琴书润，人读花间字句香"的感觉终生难忘。

我的家乡是鱼米之乡，又称"北国江南"，但在我的心里却胜似江南。我的童年、少年就生活在这如诗如画的风景里，我的家乡是多么美丽啊。

洹河历经岁月洗礼，也曾饱受苦难。但党的十八大把保护环境作为基本国策,把生态文明建设放在突出地位。十九大又提出实施乡村振兴战略。当地党委政府审时度势,科学决策,制订了生态文明建设、发展绿色旅游战略,对沿河两岸企业进行关停,制定了洹河保护红线,正在建设洹河湿地公园。对洹河水系进行修复,种植树木花草,修建人行步道,集休闲、健身、旅游为一体。芦苇又生长起来了,河里开始有了鱼花、米虾,野鸭、山鸡及各种候鸟又争相落户洹河,青蛙此起彼伏的叫声不绝于耳,偶尔还能听到知了的叫声。虽然修复后的人文景观与昔日的自然风光无法媲美,但蓝天、绿树、碧水、鸟语、花香的洹河依然能显示出她的妩媚和高贵。

我家乡的小河——洹河,一定会更加美丽。

房海林

林州市诗词学会会员。爱好文学,长于写实,谨守"谦虚、低调、诚实"之道。

14. 故乡的云

说起故乡石板沟,最让我难以忘怀的就是那山间的云。

故乡的云洁白无瑕。清晨,峻峰之上,那白色的雾海无边无沿,肆意流动,真是大气磅礴。如果是在雨后,阳光之下,云雾匆匆退去,快速奔腾宛若一条白色的巨龙。

在高耸的太行山顶,如果白云罩住山顶,气浪不停地流动,变幻出无穷的模样,那么,就要来雨了。恰如谚语所说:"西山戴帽,汉们睡觉。"这里的"汉们",在旧社会是指富裕人家的长工,后来被人们泛指为所有在野外工作的劳动者。是的,只要云雾遮住山尖,就会下雨。一下雨,干活的人们就可以休息、放松一下了。年轻的时候,山里的云雾特别多。尤其是梅雨季节,大雾时常茫茫,遮没了整座大山,四周除了云就是雾,够得着，摸得着，嗅得到。哦，那深沉、厚重的云雾啊。

　　春秋季节里，在高远辽阔的蓝天苍穹，零散地飘浮着片片白云。它们有时悠然自得地徜徉，有时又匆匆忙忙地飞奔着，好像要执行什么紧急任务。蓝天白云虽然高远，却让人感觉亲切，也是我最爱的，比起让人压抑的灰色天空，总让我激动澎湃，想张开双臂去拥抱它。还有一种云，正如《火烧云》中所记述的，色彩斑斓，千变万化。我们称之为"湿霞"，并且总结出："早湿霞不出门，晚湿霞晒死人。"这预报十拿九稳，灵验得很。

　　"火烧云"美丽无比，却只在早晚出现。白天，奇观的浮云才是主角。有时它在纯净的蓝天上画一道或多道笔直的白线，就像喷气式飞机留下的尾巴，久久不会散去；有时又像一群在草原上奔跑的绵羊，真是惟妙惟肖；有时又会像滚动的棉花卷子，蓬松喧腾，翻翻滚滚地聚积在一起，形成巨大的棉花山岳。

　　云是大自然的气象，是故乡的情绪，春夏秋冬，生生不息。我对故乡的情思，又何尝不是如此呢？

2011 年 8 月 6 日

常万朝

林州七中教师。林州市作家协会会员,林州市诗词学会会员,林州市书法家协会会员,国家二级心理咨询师。多篇作品发表在《安阳晚报》《红旗渠》报等平台。

15. 鱼餐

今天是礼拜天,终于有时间给老婆和孩子们好好做一顿午餐了。

我的目光追随着一条最长的鲤鱼,它在清澈的水池里摆动着尾巴游来游去,突然又跳出了水面,腥味十足的浪花溅了我一脸。

卖鱼的伸一只大手到水里,一下子就牢牢地把它捉住,揪出水面来甩到案板上。"啪"的一声,他的刀背重重地拍在了鱼头上,瞬间,鱼就不再挣扎了。然后,他熟练地过秤、刮鳞、剖肚,掏出一堆血淋淋的内脏,随手扔进了一个破桶里。他又把两个手指头伸进鱼头,左一拽,右一撕,扔出来几块带血的东西。最后,他用拇指和食指钩住鱼鳃,另一只手舀了一瓢水浇了一下鱼头,算是把鱼洗过了。我那从一开始就绷紧的心弦终于松了下来，呼吸也感觉自然多了。

我把鱼倒在碗池里，准备好好清洗清洗。刀子刚碰到它的身体，它竟然蹦了一下，着实吓了我一跳。我才明白它还没有完全死去，至少神经还活着。在它弥留之际，我还是等它一会儿吧，于是拧开水龙头，任凭水流冲刷它血肉模糊的身体。几分钟后，它的身体不再动弹了，尾巴也不再抖动了，一张一翕的嘴巴终于轻轻地合上了，只有一双圆溜溜的眼睛依然呆呆地睁着。我几次试图帮它合上那双没有了生命的眼睛，但没有成功，刚一松手，它就睁开了，鱼估计就应该是睁着眼的吧！手指无意间碰到了它的嘴唇，它居然略微张合了一下，我立刻触电一般缩了回来，倒吸一口凉气。如果这条鱼长一口鲨鱼般的牙齿，我的指头一定就不复存在了，好险！我虽然惊魂不定，但没有远离，只是再一次全神贯注地注视着它的眼睛、嘴巴，还有它瑟缩的尾部，静待它的生命体征渐渐消逝。忽然，它的腹部颤抖了一下，接着，它的腰部就开始不停地抽搐，我的心脏随着它的节奏也加快了跳动的速度。它抽搐的节奏慢慢地停了，我才长舒了一口气，它总算彻底死去了。

我把鱼划满了刀花，放进早已准备好的调料水里，翻来覆去折腾了许久，然后用锡纸裹严，把它送进了烤箱。

半小时后，鱼香味弥漫了整个屋子，孩子们迫不及待地解开锡纸，妻子说："真香，够入味的，这鱼比清炖的好吃多了。"

晚上，我有幸参加了一位同事的婚宴。最后上桌的恰巧又是一条鱼，炸焦了的金黄色诱惑着食客们的味蕾，鱼很快就只剩下了一副骨架。我想，鱼应该很好吃吧！

筷子，我最终没有拿。

魏冬林

林州市十三中语文教师,毕业于安阳师专。河南省骨干教师。热爱本职工作,爱好写作。

16. 身边的英雄——徐东方

"该出手时就出手啊,风风火火闯九州啊……"这首《好汉歌》在 20 年前风靡祖国大江南北,让人听了血脉偾张、荡气回肠。近日,林州市十三中(七小)就出现了这样一个英雄,他就是学校的体育教师——徐东方。

2018 年 11 月 16 日早上,天微微亮,正是学生上早读的高峰时期。当他走到南二环骨科医院附近时,突然发现"敌情":有一个男子正用手卡着一个女生的脖子,女生吓得哇哇大叫。徐老师箭一般地冲了上去,飞起一脚就把男子踹倒在地。天刚破晓,行人稀少,徐老师大喊"快来人!"学生们也不敢上前。他迅速在学校的微信群里发了消息,上早读的张军林老师看到后,借了学生的自行车就赶了过去。110 来了,他们一起把男子扭送派出所。做完笔录，徐老师悄悄地离开了。他还要回到学校，和自己的孩子们在一起。英雄不留名，好汉不留姓，徐东方老师就是这样的一个人。

徐东方老师军人出身，退伍后当了一名普通的人民教师。他爱岗敬业、无私奉献，深受领导和老师们的喜爱。他热爱教学，关爱学生，被誉为"学生健康成长的守护神"。

徐东方，一个普通的教育工作者，一个平凡的人民教师，但他的身上却闪烁着不平凡的光辉。

胡军生

喜欢阅读,爱好文学,作品多发表于网络媒体等。

17. 苦难重压下的老人

> 幸福的家庭何其相似,不幸的家庭却各有各的不幸。在农村小学任教的我有机会接触到各种家庭,特别是那些贫困家庭,让我深切地感受到了底层百姓的艰辛和不易。
>
> ——题记

王老太太,65岁,东山人。她曾有一个贫穷却温馨祥和的家,夫妻二人育有两儿一女。生活虽然清贫,但平静美好,父慈母祥,子女孝顺。

不幸的是,上天竟然把她推向了痛苦的深渊。

20多年前,即将谈婚论嫁的大儿子突发疾病,多方医治无效后含恨离世。福无双至,祸不单行。10年前,丈夫又生病去世。4年前,因与妻子离异,小儿子竟上吊自缢,丢下一子。自此,祖孙二人相依为命,沉重的家庭负担就落在了这个柔弱而又多灾多难的苦命老人身上。

由于灾祸连连,筹钱治病,家里早已一贫如洗。贫穷像块巨石一样压在她的身上,她却努力地负重前行。

为了还清债务,为了将可怜的孙子抚养成人,她拼命地干活挣钱:去外地打工做饭,到外村当保姆侍候病人,上山刨软芝、捋连翘、拾山楂、摘花椒。一年四季,只要有挣钱的机会,她就不会放过。为了多弄点山货,她披星戴月,漫山遍野、翻山越岭地寻找着。汗水浸透了衣服,荆棘划破了皮肤,石块磨破了双脚,阳光刺疼了双眼……苦难像皮鞭一样,抽打得她皮开肉绽,血流如注;苦难像火红的烙铁灼烧着她,吱吱作响……

她就像一个陀螺,被生活不停地抽打。漫长的岁月里,她没有买过一件新衣、一双新鞋。累了,擦擦汗继续干;病了,咬咬牙硬撑着……时间的年轮在她苍老的脸上刻下了深深的印痕,她积劳成疾,正在日渐衰老……

无数个夜晚,当孙子熟睡、万籁俱寂时,她独坐台阶掩面而泣,哭诉着命运的坎坷,哭诉着对亲人的思念,哭诉着生活的艰辛和残忍。苦难的尽头到底在哪儿呀?

她最大的愿望就是还清债务,把孙子抚养成人,然后一个人静静地躺在床上,无忧无虑地好好睡上一觉,把多年来舍不得休息的时间补上。

幸运的是,国家精准扶贫的集结号吹响了。他们的生活也终于迎来了黎明的曙光。2016年,祖孙二人被村里评选为建档立卡贫困户,帮扶人员多次上门嘘寒问暖,给予物质帮助和精神鼓舞，减少了他们的生活压力。生活渐有起色，老人脸上终于露出了笑容。她笑着对我说："今年种的1000多斤红薯全部卖了，加上卖花椒和政府补贴的钱，欠别人的钱基本还清了，我也可以轻松下了。"是啊，身上的压力终于减轻了，但其间所吃的苦、所受的罪、所承担的压力又有多少人能体会得到呢？

面对老人的苦难生活，贫困家庭出身的我感同身受，我很想对她说些安慰鼓励的话，但又觉得任何语言都显苍白。唯有衷心地祝愿老人：早日摆脱贫穷，身体健康，安度晚年！

杨志青

现就职于林州市教体局仪器站,喜登山、爱摄影,好写作,作品多发表于《安阳晚报》、《红旗渠》报、"太行文学"等。

18. 仙桥卧波

也不知为什么,假期的一天午后,思绪像飞舞的风帆,很想去看看淅河之水。

淅河是林州的四大河流之一,发源于山西陵川的淅水村。我曾探寻过那个古朴的小村。入夏以来,我曾在淅河中游泳,也常在它的上流活动,感悟它的两岸风情。

此时,有两位老人正在看水,我和朋友站在由块块青石垒成的古老的望仙桥上。从石栏杆处远眺,淅河像一个温柔的仙女,无声无息地流淌着,有波纹微澜。问身边的老人才知:这座桥是明清时代的建筑,曾数次被河水冲坏。又一次被冲毁后,河北岸三井村有一个叫郭士超的财主看到河两岸行人行走不便,就带头捐款。这一次在青石缝里灌了铁水,让铁石相连。桥,站立了将近210年。听着老人的解说，望着脚下的桥，慢慢走着，好像在解读历史，是时间的历史，岁月的历史。看，桥头那龙头雕像，在阳光的照耀下，仿佛在向我诉说着时间的沧桑。桥东面的护桥神像，雕刻精湛。在自然面前，古人虔诚地寄希望于神灵的保佑。

对面的小山，在浓荫掩映下，能看到其中有一座古朴的庙寺。我信步走去，穿过高大的戏台，走上青石台阶，听林中的蝉鸣，有一种清爽之感。走到寺前，寺门紧闭。我来得不是时候，只能隔门而望。神山观不大，据说最早住着道家八仙之一吕洞宾。

从小山上西观淅水，它蜿蜒如一条玉带。这一条带光的纹波，像从天上来。此时，初秋的太阳照在水面上，点点的银光一闪一闪地仿佛在唱歌。往东看，顺着山势而去，远处的流水像箭一样射向浓荫中的原野，有一种大江东去的豪迈。青山绿水，就这样展现在我的眼前，流进我的心田。

回到石桥，再看桥下流水。这时正好走过来一个女子，我就向她询问下河的路。她指点桥北边的小路。小路闲置了好久，我几乎是在荒草中行走。

走到河岸边，寻路上了一堆河石。此时，古老的石桥又向我展示了另一面。大桥有四五米高，主河桥上竖着三块青石垒成的桥柱，这是中国的石拱桥技术。此时，河水像温顺的新娘，静静地依偎在河面上，好像在和桥对话。我突然觉得，古桥是伟岸的男性，河水是温柔的女性。我找了一个大石块坐下，周围荒草丛生，无名的野花散发着阵阵花香，蝉声长鸣。河水哗哗地流着，晚霞染红了河面，打在古老的青石桥上，石桥更加巍峨。河对面的田野里，几位农人正在收获玉米，一定还有花生、黄豆。我独坐河边，任风吹拂，这是多么惬意的时光啊。

朋友和妻子在桥上叫我了。我收拾起相机，站起来，又回望了一下"一河秋水天上流"的胜景，那点点的光纹，一波一波地回荡着，荡到我的心田中。

走了，挥挥手，石桥也在向我挥手。

武新华

林州人,从事金融财务工作。喜好读书写作、旅游摄影,热爱生活,唯愿万水千山走遍,品茶喝酒交友,人生肆意笑傲,文章纵横捭阖足矣!然受格局、水平所困,只在闲暇时抒发一下小情绪而已。

19. 闲话读书

"苍天难老人易老",还在感慨自己是个意气风发的帅气青年,转瞬已成了无法再生的"垃圾"。只是这"垃圾"对自身的变化也是始料不及,渐渐变得不爱出门。名山大川自不必说,便是菜市场、超市也懒怠去,大约以为人生至乐莫过于安宅家中。无人及门,电话不响,恨不得全世界没一个人认得自己。

另一个变化就是不爱读书了。我常常望着书架上一列列书籍诧异,有什么用?占那么大地儿。这还没算上几十年里送掉、卖掉、扔掉的。

最不可思议的是这些或薄或厚的书居然都是自己曾经千辛万苦一本本拣选,千里万里风尘仆仆带回来的。其中还有几本甚至记得起在什么地方,什么样的天气时辰,从什么样的人手中买来的。买来的书,有的也许读过几遍,有的却一遍也没读完。一旦被摆上书架,便也就束之高阁啦。

　　当然也有例外,譬如钱锺书的《管锥编》《围城》,丰子恺的《缘缘堂随笔》,沃尔特·艾萨克森的《史蒂夫·乔布斯传》,雷蒙德·钱德勒的《长眠不醒》,龙吟的《智圣东方朔》,米兰·昆德拉的《不朽》等都是常读的。大多都是看两眼又放回原处,也许这辈子不会再取了。真是奇怪,仿佛买它就是为不再看它。

　　其实,说是读书,更多时候是在寻书。寻一本自己需要或喜欢的不大容易,若是发现买来的其实并不需要或是不喜欢,就更教人沮丧。正是扔也不是送也不是,只得早早将其放上书架。即便的确是需要或喜欢的,读得也不仔细,认真看过的只是那些最感兴趣的部分,以及老师画出的所谓重点,其余则一带而过或干脆绕开,尤其是线装书,看看版本、装帧、印刷就放下了。有的即便费了好大劲儿看完,用不了多久便忘得干干净净,好像读的目的就在于忘却。

　　虽则戴了一副所谓文人雅士的眼镜,也一直以读书人自命,但平心而论,数十年来读书是名不副实的,更多时候像黑瞎子掰苞米,或者像地鼠一样,这儿刨刨那儿挖挖,漫无目的,不够专注。

程银昌

林州市作家协会会员,任村镇井头村人。自幼热爱文学,先后做过建筑工、钳工,经营过饭馆、建材生意。尽管一生坎坷,但仍矢志不渝,坚持写作。

20. 纪念三弟

一晃,三弟走后已经一年了。但我总觉得他根本就没有离去,有时我一回头,就依稀看到了他的影子。

有一次,三弟笑着对我说:"大哥,我出事后,你们把我领了回来,可是到了老家的地界上,判官立在城门口不让我进城。他说我血肉开裂的头像与名册上的画像不符,硬说本城没有此人。在你当家给我做了整容后,第二次来他才放我入了城。"三弟伸出双手来拥抱我,近在咫尺,我却拉不着他的手,急得我大哭地叫着:"军庆,军庆!三弟,三弟!"

"老程,老程!"同一个屋里睡觉的老付叫醒了我,"你一直叫着军庆,哭一声,叫一声,你一直呼唤着三弟,哭得很伤心!"

我抬头看了一眼墙上的电子挂钟，凌晨2点，我再也无法入睡，三弟生前的点点滴滴，像过电影一样浮现在我的脑海。

三弟从小就很瘦弱，总是让娘操心。他长得白，左脸上露着青筋，像小树根一样，很是显眼。娘说他是营养不良，可那时候没有什么好东西，最多煮一些黄豆或黑豆给他吃。

三弟放学回来，鞋一脱就爬到窗户台上去玩弄他的一堆玩具。时间长了，我说三弟长大后可能是个机械师，娘听后高兴地笑了。

三弟上初一的那年秋季，有天上午，正上课呢，他的肚子突然疼了起来。他疼得难以忍受，老师就派一个学生把他送回了家。

娘给他揉了揉，三弟觉得稍微轻了些，但到了晚上，疼得更厉害了。娘给在外地的舅舅打电话，商议第二天一大早坐车去检查。

舅舅带着三弟在医院做了检查，做了手术。娘说三弟得的是阑尾炎。

时隔三年，三弟再度发病，开始还是肚子疼，疼得三弟捂着肚子站不起来，黄瘦的脸上汗珠涟涟。无奈，我和娘坐车陪他来医院进行治疗。

又得做手术。那个主治的李医生看到三弟瘦弱，就叫我去血库拿血，以防手术时供血不足。

上午8点40分，三弟被送上手术台。9点左右，我刚从血库拿血回来，突然，一个护士从手术室出来对我说："你弟弟的病很严重，你得在手术情况单上签字。"我有些吃惊，问："为什么还得签字？"护士解释说："手术成败谁也很难预料，必须家里当家的签字。"当时父亲在山西还没有回来，娘一听病情严重,一下瘫坐到手术室外的椅子上。我是老大,除父母之外是三弟最亲近的人,于是在手术单的一栏里签下了自己的名字。

过了十几分钟,李医生匆忙出来,把我叫进手术室,神情严肃地对我说:"军庆他哥,你弟弟的病情很严重,当我打开他的病疼部位时,他肚里的器脏已全部变黑。根据临床经验,是癌扩散,已经无法再治,我们只好原样缝合。"

我一听,手里的两袋血一下子滑落到了地上。李医生见状,告诉我,不用输血了,你弟弟没希望了。

"救救他!"我一把抓住李医生的手哀求着他,因为弟弟才18岁呀!

李医生摘下眼镜,用布擦了擦,认真地告诉我:"你别闹,不要让你娘知道,免得她老人家受不了。我们已经尽力了,请你珍重,为你弟弟准备后事吧!"

天哪?!这太突然了,我一时不敢接受这个事实。我出来跟家里的人一说,他们都傻了。沉默少许,大家都哭了。为了不让三弟死在外地和路上,一星期后,刀口抽了线,我就找了个车,和娘陪着三弟回到了井头老家。

这期间,小姨和我爱人已经在家给三弟准备好了上路的衣服。我们封锁了三弟快不行了的消息,但是内亲和本家人还是先后来家里看了他,都想在这最后的日子里见他一面。三弟静静地躺在南屋的大炕上,脸瘦黄,眼无神。

坚强的娘,擦干几度心酸的泪,陪在三弟身边,给他讲故事,和他聊天。

无私的娘,把喂养的母鸡杀了,给病危的三弟炖上,每天早晚给他喝汤。

辛苦的娘,把小米粥熬得烂烂的、黏黏的,一日四顿准时端给三弟,让他慢慢地喝。

善良的娘,每天在菩萨面前,为三弟跪拜祈祷,希望上苍睁睁眼,救回她儿子的命。

三个月后,三弟的脸逐渐由黄变红,饭量开始增加,后来,竟能吃一碗面条了。奇迹真的出现了!三弟坚强地站了起来,并能走街出村上山了。

三弟好了,娘笑了,全家人都笑了。

半年后,瘦弱的三弟恢复了元气,和正常的青年人一样,能下地干活了。

三弟好了以后,在村子里的养鸡场上班。两年后,他到水河承包了一个养鸡场,开始创业。后来,他又另谋出路,去厨师学校学了半年烹饪。

三弟成家以后,选择出去搞建筑。经过五六年的磨炼,在天津工地上带出了30多人的木工团队,被工地老总委任为带班长。

建筑业是一种受季节影响的工作,天一冷就歇业。这时节也是农村婚嫁迎娶的高峰,三弟经常被村民和工友们请去做菜当"把头"。去谁家至少都得三天,有些经济条件好的讲究排场,一去就是五六天。他在外时间长,认识的工友多,春节前后,他都在帮工友、村民们做菜。他人缘好,和我一样不抽烟、不喝酒,无论给谁家帮忙,都不要一分钱。

2017年9月27日是一个灰暗的日子,三弟在河北涞源出事了。闻讯而来的工友把小院子围得满满的,许多人趴在三弟的灵前号啕大哭,那种情意,真是感天动地,在场的人无不为之落泪。

三弟出事来得突然,许多工友并未知晓。春节过后,今年正月十六这天，采桑、东姚等地的工友，自发地组织在一起，分乘四辆面包车来到三弟的坟头，为三弟举行了告别祭奠仪式。我远在北京，是同学布明把这个消息转给了我。

文学家臧克家说过："有的人活着，他已经死了。有的人死了，他还活着。"三弟是个普通的农村人，是一个走南闯北的打工者，他虽然走了，但他生前结识的五湖四海的工友，一想到他的所作所为，都会怀念他。

谨以此文，纪念三弟遇难一周年，愿三弟在天国陪伴母亲，替我们尽孝尽忠。

2018 年 9 月 21 日于北京

任学兵

林州二中英语教师,热爱文学,酷爱诗词。

21. 风花雪月

又下雪了。走在雪地,淋着冰凉的雪片,呼吸着清爽的风,独守着内心的静默,更能感知这唯美的世界了。

中华文字是奇妙的,由"纯"我们可以想到"洁",由"洁"可以想到"白",由"白"又能想到"雪"。雪,因其白而洁,唯其洁而纯。于是雪便成了至纯至美的象征,她从天上飘下,似是女神的一件素披,高雅而不媚。

雪,常常勾起我复杂的情怀:立于原野之上,四围茫茫,孑然一人,一颗孤独的灵魂忍不住倾诉;西风吹起衣袂,寒意侵袭,意志的烈焰燃起抵抗的火,"山舞银蛇,原驰蜡象",油然而生的是一种不屈与豪迈;当飞雪漫天,如东风梨花,落英缤纷,除了美,还有怜,那禅意的悲悯便弥散于心田了。

幼时读书，见"风花雪月"一词，颇感不解，读得多了，才品出了唯美和浪漫，知晓那是世间四大美景之一。后来读到宋代禅师的一首偈颂："春有百花秋有月，夏有凉风冬有雪。若无闲事挂心头，便是人间好时节。"更知除了美，雪还是佛缘，僧人见到它，总会道一声"阿弥陀佛"。此时，雪是佛座上的莲。

　　风清月白的寒夜，和友人走在明净平直的公路上。月色皎皎，似雪非雪，脑海中又浮现"风花雪月"四个字，乍然悟到，雪是月的眼泪。也只有眼泪才能如此晶莹清凉，透着悲伤。

　　体验雪，在雪地上走走也可，那咯吱咯吱的声响来自亘古，走向远古，那是灵魂低声呼喊和承诺一生的陪伴。

杨海明

林州市七中教师。爱好骑行、游泳、喜爱文学,偶尔写些杂文、随笔、诗歌。

22. 北方初冬

不经意间,气温降了下来。冬天,悄然来了。

高高的杨树受到寒风的欺凌,树叶发出强烈的反抗,"哗啦啦、哗啦啦……",它已面黄肌瘦,瘦骨嶙峋。风继续抽打,它不得已离开树枝。但在下落的过程中,它也没忘记与风抵抗,并不垂直落到地面,而是在空中与风捉迷藏,最后,以一种不确定的弧线飘落下来。厚厚的叶子落在地上,发出一声叹息,半卷、半翘着静静地躺下休息……

草坛边的月季,花已谢,叶已枯。但在这枯叶中,竟然有一个花蕾。虽然生不逢时,但它并不自弃。10多天的小雪节气之后,它一花独放:乳白的花瓣,略黄的花蕊,露出了最灿烂的笑容,张扬着生命的坚强与光彩。

草坪西北边那棵碗口粗的银杏树，不急不缓，像一个老人。满树浓密的青叶，开始只是树叶边沿有一丝浅黄，那黄丝逐渐变粗，后来好像给叶片镶嵌一个黄色项圈，继而浅黄色变成了金黄色。一天天过去，叶子中心也不再青绿，而是青黄交杂，再后来，整棵树都变成了纯金黄色，但叶子并未凋零。出人意料的是，它来了一次突变。昨天还满树金黄，过了一个晚上，叶子全部落到了地上，树下像是铺了一层厚厚的、毛茸茸的金黄色地毯，留下了赤条条的树枝，在地面上黄叶的反衬下，它像是一个健美的青年，站在那里很是坦然与满足！

银杏叶一夜之间全部掉落，其速度让人难以置信。第二天不少人问"是谁弄落了叶子？"人们，总是在失去了才开始珍惜。满地金黄，美得惊艳，三天了，人们还舍不得去触碰。保洁工把周边打扫得干干净净，唯那金黄的叶子一片也没动。它保持着最初的样子，从旁边走过的人，都要驻足看上几眼才走。

院中的樱花树虽然没有春天满树花朵时那么娇艳，但还在尽力表现着它的柔情。按着自己的退场程序，它不慌不忙。它不愿以黄色退场，尽力拉长生命活力的期限。叶子变橙、变红，像熟透的富士苹果的色彩，留给了人们柔和与风韵。

山上的红叶枯干已经半月有余，院里的枫叶似乎并未收到季节变化的通知。寒气不经意间把它从睡梦中唤醒，它看着季节的变化，可能也察觉到了自己的迟缓，像羞红了脸的美人。它出现在其他草木已经凋零的环境中，寒风撩起了它的裙摆，它脖子上的纱巾迎风飘逸，展示着灵巧的腰身与血红的容颜。

它像是一个家道中兴的主妇,满脸都充满了自信!

  北方的初冬,没有满园鲜花的艳丽,没有夏季那茂盛的状态,也没有秋天硕果累累的喜悦,但是只要你留心去看,也会发现它独特的美。

刘太义

山东省平阴县人,就职于平阴县农业银行。自由文学作者。著有诗集《清之影》,散文集《那些陈年的花絮》,中篇小说《一条狗的人生》等。

23. 春梦无痕

　　洛水清清,淡影斑驳。七月的黄昏,小船儿也昏昏欲睡。他多想再回到那寂寞中去啊,却归去无计。颠簸了一路,欲绝的伤心就像天空上那凝重的灰。闷热的晚风烦乱,心中的倩影萦绕,其实,思念何曾断过,反而随着岁月的流逝更加清晰。
　　茫茫人海,偏偏遇见了她,遇见也就罢了,却又深深地爱了!爱上一个不该爱的人,于人伦,于情理,于贵贱都是不堪。可是,谁又能阻挡得了爱?她不是也暗中传情,载怜载謇吗?
　　呜呼,问世间情为何物,直教人生死相许!
　　不知皇帝哥哥出于何心,把她生前的金缕玉带枕赠送与他。想必是让他睹物思人,来折磨他这颗脆弱的心吧!如今他抱着还带着她气息的香枕,剪不断、理还乱:

斯人已去，万事皆空，我自年少，韶华轻负。我本不该生在这乱世，在这男人的 T 型台上，没有我走秀的空间，我只喜欢赋词弄诗，和我心爱的人共度良宵。为情，我可以舍弃江山，独在这温柔乡里。

一湖淡水碎离愁，风也迷离，雨也迷离。

忽然，那残阳映照着的绿波上面，一女子款款而来。她一身素雅，凌波微步，翩然如孤鸿之影，芳华如一秋之月。

这是你吗，我日思夜想的恋人？你我已是仙凡相隔，再也不会有人来揾拭我眼角的余泪，再也不会有人劝我珍重为忧伤而憔悴的身子。此时，想承受你那近身时温柔的一瞥都是枉然。可爱的姑娘啊，让我轻轻抚摸你的长发，亲吻你微涡的颊边，直到梦醒。如今，我要在刻薄、冷酷、恶毒的监视下度过我可悲的一生。不愿醒来，虽是梦幻，我再也不愿回到醒着的尘世。

你幽怨清澈的眼底流露出依依不舍的深情，回首相望，世间千年……

就是这个梦，成就了一篇千古美文。我们，不都是在梦中吗？我清楚，我的梦早晚都会醒来，我尘俗的归宿是在这熙熙攘攘的白昼——我，已经到了记不住梦的年龄了。

然而，洛神女永远是一个梦，一个不愿醒来的梦，那么美，美得令人疼，令人怜，令人敢于舍弃自己的性命。那来自一个男人倾情而作的千古奇文：

其形也，翩若惊鸿，婉若游龙，荣曜秋菊，华茂春松。仿佛兮若轻云之蔽月，飘摇兮若流风之回雪。远而望之，皎若太阳升朝霞，迫而察之，灼若芙蓉出渌波，秾纤得中，修短合度。肩若削成，腰如约素。延颈秀项，皓质呈露……云髻峨峨，修眉联娟，丹唇外朗，皓齿内鲜，明眸善睐，辅靥承权……

请问世间文章之绝世高手，谁能有此大手笔来挥洒一个女子？只能说，大美遇到了大家。

曹操同学也曾垂涎三尺，可作为一个国家实际的 CEO 不能，也不许太乱了纲常。但曹植天生就是一个情种，放荡不羁，嗜酒成性。他对这位亲嫂子的爱恋一直不能释怀，哪怕冒着乱伦的大不韪。也许这就是上天的安排吧，相恋却得不到。得到了，又怎能有这奇文呢？

我突然也擦出那么一丁点思想的火花，胡诌了几句如下：

惊鸿丽影，游龙若现。凌波微步，溶溶寒烟。闭月羞花，星辰暗淡。削肩秀项，沉鱼落雁。明眸皓齿，其形翩翩。昔人已去，洛水犹寒。感君念之，涕泪涟涟。今见亦别，已隔仙凡。

真是"一日心期千劫在，后身缘、恐结他生里"。

今夜，梦里不知有没有洛神女，但我相信，至少应有淡看浮华的梦。

郗剑强

林州市实验中学教师,文学爱好者。工作中全力让每一位学生快乐成长,让每一位教师施展才华,让每一位家长收获希望;生活中用心灵去感悟人生,用文字去记录人生,用精彩去描绘人生。

24. 沧桑

改革开放40年,岁月弹指一挥间。

1978年12月18日,党的第十一届三中全会在北京召开,它犹如霹雳春雷,响彻云霄,又如惊天巨浪,惊涛拍岸。

那时,我刚上小学,刻在内心深处的是饥饿感。日常用品总是贫乏,一大家子人天天那么劳累,只有像盼星星、盼月亮一样盼到过年时才能美美地吃上几顿炼了腥油的猪肉,饱饱地吃上几顿由白面、玉米面、红薯面等搅和在一起蒸熟的"黄蒸"馍。大年初一,甜甜地穿上母亲把粗布染色后亲手做成的新衣,起五更跟着大人们去拜年,衣兜里装满糖球、花生、核桃、瓜子……,回到家把它们藏到箱底,足够快乐地享受大半年。于是,过年成了童年时最幸福的事!

上学的小路上，有一段弯弯曲曲、由上下两个陡坡连起来的田间小道。春日早上，路两边碧绿的麦叶上会有好多由水汽凝结成的小水滴，为了节省钢笔里的墨水，我在家只灌一半，路过麦田时，用笔尖轻轻地依着麦叶吸几滴露珠，这样写出来的字尽管颜色要淡一些，但却延长了一瓶墨水的使用时间，我为自己的"聪明"暗自高兴，母亲也夸我真会想办法；夏天，穿着塑料凉鞋走在泥泞的小路上，鞋襻经常被拽断，父亲总是用废旧的小钢锯条在煤火上烧红后给焊了又焊；秋天，顺手摘下路边的茄子，偷偷刨一个长在地下的红薯，边走边吃，喜不自禁；冬天，从白雪覆盖的陡坡上摔倒，衣服脏了，放学后脱下来，母亲在火炉上烘干后用手把泥巴搓掉，第二天再让我穿上。

那时候，生产队劳动以小队为单位，干活的种类也由队长敲钟集合后统一分派，晚上吃过饭之后再拿着记工本到小队会计那儿记工。年底结算时，一个工分也就是几毛钱。记得有一次和母亲去赶会，为了吃一个火烧（烧饼），我流着泪拉着母亲的衣服不走，母亲打了我一个巴掌，扭过脸擦拭了一下自己红红的眼角，从包了又包的手绢里小心翼翼地取出 5 分钱给我买了一个。我分了一半给母亲，母亲说她牙不好，不爱吃。我天真地相信了母亲的话，在路上吃完一半后，回到家里把另一半藏到抽屉底部，结果被饥饿的耗子给饱餐了，我伤心了好几天。

1979 年，经过一年的农田包产到户后，粮囤里开始有了余粮，瓦缸里有了随时能吃到的白面和大米。

1984 年临近春节，父亲打工回来，买回了全村除大队部之外的第一台金星牌 14 英寸彩色电视机。那年除夕，中央电视台演播了第二届春节联欢晚会,由于来的邻居太多,我们把电视机搬到了院子里。人们不怕寒冷,像折扇似的围挤在电视机屏幕周围,尽情地欣赏着远在千里、近在眼前的流光溢彩的电视直播节目,掌声、笑声、欢呼声连成一片……

接下来的几年,家里又建起了砖瓦房,购置了自行车、摩托车、照相机、洗衣机、卡式大喇叭录音机、带式录像机等。有一年入冬时节,父亲给我买了一件锃亮的皮夹克上衣,我穿在身上,别提多神气了!

1992年,我大学毕业后参加了工作,用半年的积蓄把黑色"二八"式自行车换成了轻盈潇洒的彩色山地变速车;随后又与时俱进购置了数字、汉显传呼机;1996年安装了程控电话机;新世纪之初2000年,买了一部诺基亚手机;2006年,紧跟潮流,在家里的资助下,买了一部夏利牌小汽车;2014年我又更换了一部大众牌汽车,尽情沐浴在时代的春风中。

40年光阴似箭,40年沧海桑田,40年万象更新,40年弹指一挥间,身边一系列突飞猛进的变化只是中国改革开放进程中一个小小的缩影。当今中国,春和景明,国泰民安,高楼大厦,鳞次栉比;日常用品,琳琅满目;高铁空客,四通八达;"嫦娥"可上九天揽月,"蛟龙"可下五洋捉鳖,人民生活水平的提高程度远远超过了历史上任何一个时期,国际地位和影响力明显提高,实现了前所未有的历史性成就。

习近平总书记在庆祝改革开放40周年大会上指出:"四十载惊涛拍岸,九万里风鹏正举……建成社会主义现代化强国,实现中华民族伟大复兴,是一场接力跑,我们要一棒接着一棒跑下去，每一代人都要为下一代人跑出一个好成绩。"

"方向决定前途，道路决定命运"，让我们紧密团结在以习近平为总书记的党中央周围，不忘初心，牢记使命，凝心聚力，携手并肩，把我们伟大的祖国建设得更富、更强、更美！

2018 年 12 月

万海东

热爱生活，偏好文学。闲时喜信手涂鸦，虽不能载道，亦自得其乐。

25. 阳台寺

阳台寺位于林州市五龙镇岭后村村北面的淇河对岸，现为全国重点文物保护单位。

但于我来说，它就是我的老朋友。我们经常"约会"，尤其是在夏天。我从河对岸凫水过去，赤脚踩着它裸露的躯干，从它的正前方蜿蜒攀缘上去。

爬到半坡，抠一块儿泥土吃，咸咸的。据说抗日战争时期，残忍的日本鬼子在寺前杀人，血流成河，顺势而下，浸入土中，土因而变咸。家乡的老鸹、鸽子啄食咸土，休憩于此，经年累月，形成了一个个"窝头"状的"窟窿"，远远望去，蔚为奇观。再往上荆棘密布，攀缘就更困难了！

我小的时候，它是破败不堪的。古塔孤零零地掩映在古槐和残垣之中，但芳草萋萋：小蓟、牛筋、拉拉秧、艾叶、苍耳、蒲公英，还有牵牛花……有名的、无名的，你争我抢，好不热闹。尤其那蜀葵花，艳艳的，开得最盛、最美，像是看守的士兵。酸枣还青，野皂角已经能吃。寺东是金黄的麦子，有时还有茄子、黄瓜，偷偷吃一个，嗯，那真是舒服！

其实，阳台寺是一个坐北朝南、高约20米的土台，总面积约3000平方米。淇河"北漂"到寺前，在这里形成一个大大的"几"字，东流北拐向西，而阳台寺正好在"几"字里面。土台四周树木、荆棘茂密，除西侧平缓外，余皆断崖，从前看像极了"神龟探水"。而它的正后面，就是著名的"淇河门前水倒流"。

阳台寺的正路东向，曲折而上。入门就是两座珍贵的"唐塔"，现被称作"阳台寺双石塔"。

这是两座单层密檐式方形石塔，坐北朝南，东西并列，间距为5.85米。塔由青石构件垒成，自下而上为基台、基座、塔身、塔刹等。塔身呈正方形。塔檐周边有阴线雕刻的花卉，檐四角微翘。每层中间又有一刻尖拱龛，龛内雕坐佛一尊，龛外线刻缠枝花卉。

西塔七层，寓意七级浮屠，高3.04米。塔基为方形石板，四边雕兽头、乐舞伎、负塔力士和仰莲。塔身南面辟半圆拱券门，门上雕刻有飞龙、飞天、羽人、莲蓬和小六角塔，门两侧有力士和蹲狮。塔身东面刻有文字：维大唐天宝九载（750年）岁次庚寅八月十八日，浮图主孟崇仙抽减净财，敬造石浮图七级。今将成就，上为开元圣神，文武皇帝陛下、郡守，又为七代先亡师僧，父母善信法界，同沾此福。有一次，我和云建哥正认真地看那塔上的文字呢，突然，一条长蛇从脚下"嗖"的一声穿过,吓得我们哇哇乱叫,小心脏突突乱跳,好一阵才平复过来。

东塔残存 6 层,通高 2.92 米。浮雕内容与西塔相同,塔身无铭刻。

1952 年之前,阳台寺被毁,很多文物都被扔到了前面的深潭,至今还沉在水底。

1989 年发大水,有一石像被水冲了出来,是一个雕刻精美的小和尚。他仪态安详,眼眸紧闭,双手合十,盘腿而坐。人们把他放到现在的"山门"之处,可惜不久就被人偷去了。

我从河边捡到过一块圆形雕刻,忘了是什么材质,但它像玉佩一样,背面光滑,正面是双龙戏珠,雕刻得栩栩如生。母亲说这是神物,不能放在家里,我只好虔诚地把它送回了淇水之滨。

印象中,我记得还看到过一块贞观年间的石碑,可惜已无从找寻。

2000 年,村里重修阳台寺,据说从佛龛里挖出了铜钱和青铜宝剑,不知真假。但山门、大门、药师如来殿、关圣帝君殿、广生殿和龙王庙等建筑都是后来新建的。我的父亲生性善良,捐了两份款,一份记的是我的名字。

阳台寺还有"晨钟"的传说("暮鼓"在西面的雷音寺里)。清晨,大铜钟准时发出雄浑有力的响声。钟声悠扬,传遍周围村落,人们听到后便走向田间地头劳作。

淇水汤汤,风沙千年,阳台寺历尽岁月沧桑,更加从容优雅。它正变得越来越丰韵,越来越美丽!

2018 年 1 月 8 日

常青峰

法律硕士,林州市人大法工委副主任,林州市诗词学会副秘书长。爱好诗词写作。

26. 祭杨贵先生文

  远眺北斗,踟蹰彷徨。闻公驾鹤,蘧然神伤。色失之天宇,泪洒于太行。松柏恸兮,渠水流殇。感悲风之萧瑟,任思雨之飞张。红旗渠畔,高风宛在。战天斗地,青史昭彰。公虽羽化,名齐李冰父子;红旗漫卷,蒿薤同悲,位列谢公身旁。

  中古之世,天下肆涝,幸有贤禹决渎;而今之时,林虑虐旱,欣逢杨公引漳。忆岁月艰辛,真金烈火,大军十万,志豪胆刚。凿洞穿山,鬼斧神工,敢比鲁班大锛强。一朝通水,旌旗猎猎,试看天公击浪长。

  棹歌流水东去,五十余载;樵唱垂杨西归,九十又一。夫先生未去,其精魂尚在;举世经行,唯造物如斯。忆先生生平,泪洒两行,沉浮坎坷,矢志不更,任谱人间动地歌。普天同悲兮，盖令百万乡闾，亦思亦咏，亦泣亦咽。

逝者如斯夫，窃以三咽诉哀情。一咽先生之志行高远。先生非生于斯地，却蜡炬成灰，光照一生于斯。及弱冠之年，已是腾蛟起凤，才可栋梁；遂去家百里，胸怀伟略，见用为令。时旱魔肆虐，民不聊生。先生不忍卒苦，志去民患，若除腹心之疾。遂坚立愚公之志，鏖战太行十载，修得千里长渠，举创世间奇迹。二咽先生之坚贞不屈。嗟乎！道有夷险，履之者鲜。修渠有崖，中途多舛。为官不避平生耻，先生凭苟利国家生死以、岂因祸福避趋之家国情怀，胸荡激烈，宁移白首，正道直行；困且益坚，不屈其志，尽智竭忠。是以为，善为政者，不患位之不尊，而患德之不崇。夫为政以德，譬若北辰，先生已然居其所且当受众星拱之。三咽先生之惜民如子。夫为政者，德高莫于爱民，行莫贱于害民。利民之事，丝发必兴；厉民之事，毫末必去。夫固一方之长，修渠之时，先生却亲执耒耜，以为民先，虽农夫之累，不累于此矣。平日服养，粝食藜根，与民共葛，虽乡野之贫，不陋于此矣。此为先生之三咽，声声悲咽是嘶鸣。先生之三咽，再和红旗渠精神，历久弥新。

先生慧心而不繁说，多力而不伐功，故以名扬天下。夫唯先生外其身而身存，后其身而身先，若天地之长且久矣，以其不自生故能长生矣！

先生来兮归去，其身已去，其魂永存，存乎山水之间，存乎浩渺苍穹。

呜呼痛哉！伏惟尚飨。

丁兰香

住房和城乡规划建设局职工。喜欢写写文章，抒发生活感受，乐享每一天的生活。

27. 父亲喊我去吃饭

上午上班不久，正忙得不可开交，桌子上的手机不合时宜地响起，原来是父亲打来的。父亲说："中午吃饺子呢，叫上合顺一起来吧！专门给你包了素馅儿的！"我说中午有点事，说不定呢！父亲听力不好，我多次解释，父亲反复坚持。"好吧，忙着呢！不多说了，尽量去就是了！"我的语气已然不耐烦了。

放下手机，等浮躁的心慢慢平静下来，丝丝缕缕的暖意涌上心头。

父亲今年已经 86 岁了！他身材不高，好像一阵风就能把瘦小的他刮走。他微驼的后背瘦骨嶙峋，让人心生怜惜。除夏天外，父亲总喜欢戴一顶呢子面料的鸭舌帽，但那一根根银丝向后梳得十分整齐，没有一丝凌乱。父亲精神矍铄，那微微下陷的眼窝里，一双深褐色的眼睛深邃而睿智，清瘦的脸上布满了黄褐斑，好像在诉说着过往的沧桑岁月。

父亲是新中国成立前参加工作的离休干部，对党忠诚，对毛主席有种无以言表的特殊感情。小时候家贫，父亲没读过几年书，但是钢笔字写得很漂亮，记忆力超强，遇事思路清晰，思维特别敏捷！父亲爱看《国际新闻》《海峡两岸》《参考消息》和各种杂志。他关心国内外时事，像南海争端、"台独"风波、美国在韩国部署萨德及中印冲突等问题，父亲都有自己独到的见解，和儿孙辈聊起天来也有许多共同话题，有时候还会因意见不同而争得面红耳赤。有一次，在澳大利亚留学的外孙女回来看他，他对外孙女说："澳洲这家伙最近不太老实啊！老是跟在美国的屁股后面找中国的事儿！你可别忘了你是中国人啊！"惹得我们哈哈大笑。我们常常说父亲是90岁的心脏40岁的思维，耄耋老翁也懂得与时俱进！父亲总是不以为然地说："活到老学到老，一样不会不算巧。八十老汉去开荒，不死就得过时光。"父亲对待生活积极乐观，总是热心关照、尽力帮助遇到困难的亲友。

我印象中的父亲是个大男子主义者，家里大小事都是他一个人说了算，母亲只有无条件服从的份儿。他在生活中处处精打细算，经济上对母亲和我们兄妹的要求近乎苛刻，时常训斥和唠叨，加上他常年在外，少不更事的我们体会不到父亲为了养育我们所承受的压力和艰辛，和他一点儿也不亲近。因为他时常和温顺的母亲闹矛盾，我们感情的天平一直倾向母亲，对父亲颇有怨言，甚至会用言语顶撞。直到母亲生病后我们对他的看法才有所改变。

2001年的冬天，母亲突然患病，被诊断为脑萎缩、老年痴呆、帕金森综合征,生活再也不能自理。那一年,父亲突然苍老了许多,瘦小的身子显得那么孤单和无助,他一改往日的粗心和唠叨,对母亲表现出从未有过的体贴和细心。母亲有时候神志不清而哭闹,他轻声细语地像哄孩子一样安抚母亲,眼睛里满是怜爱和疼惜。

2005年底,74岁的父亲患胃癌做了胃全切手术,病床上的他惦念母亲。我们用轮椅将母亲推到父亲的病床前,他们手拉着手,母亲平时面无表情的脸上竟然露出少有的关切和柔情。父亲眼含热泪,对母亲千般嘱咐万般叮咛。术后恢复期,患有老年痴呆的母亲情绪烦躁,在家里没有一刻安宁,我们就用轮椅推着她到户外晒太阳、散心,父亲拖着病体坚持陪在她身边。也许是因为放心不下母亲,被医生预言只有一年生命的父亲居然从死亡线上挺了过来。

2007年阴历九月十八,母亲永远离开了我们。那段时间父亲情绪异常消沉,一个人在二楼一待就是半天,我们轮流陪着父亲。为了能安心工作,我们和父亲商议请了一个远房亲戚来照顾他的饮食起居。父亲振作起来了,自己能办到的事情绝不麻烦我们,并且当起了我们的后勤部长。父亲总是隔三岔五地喊我们去吃饭,变着花样、换着口味给我们改善伙食。无论严寒还是酷暑,为了让我们吃上一口现成饭,80多岁的父亲早早上街买各种食材,忙得不亦乐乎;为了迎合我们的口味,重口味的父亲总是吩咐将饭菜做得清淡一点,有时还亲自下厨;每逢吃饺子或包子,喜欢吃肉的父亲总是另外准备我爱吃的萝卜丝素馅儿……有时候父亲事先打电话问我想吃什么,很多时候我也想不出,加上忙工作,就心不在焉地说"随便,什么都行"。但我知道即使是"随便",父亲也得思忖半天,然后根据子女们的喜好东奔西跑、费时费力地准备，那当中的心意，远比食物到底好不好吃重要！无论吃什么、合不合胃口，我都相信那已经是人间至珍美味，因为它包裹了父亲对我们的慈爱和关心。

在这个忙碌而浮躁的社会，父亲的小家成了我们心灵憩息的港湾，成了我们兄弟姊妹相互沟通的桥梁：烦恼时在这里宣泄排解，欢乐时一起把快乐分享。在这里我们找到了儿时幸福、温馨的感觉。父亲做的干南瓜片小米稠饭、干煸豆角、玉黍米加麦糁面条汤等家常便饭让我们吃得无比舒服和温馨，回味的是浓浓的血缘亲情！

这几年，随着年龄的增长、子女的远离，我越来越感受到父母健在是多么幸福的一件事。虽然母亲走了，但是我们要尽可能地让晚年的父亲心情舒畅，在这个世上和我们多做几年伴儿，让我们有一个温暖的家，无论身处何方都有一种幸福的牵挂。

愿所有的子女珍惜和父母在一起的日子！有父母在，我们就一直是长不大的孩子。如果能在百忙之中抽出点时间常回家看看，陪父母吃顿饭，我觉得是一件很幸福的事。

愿父亲及天下所有的父母晚年幸福安康！

不多说了，我要去陪父亲吃饭了！

刘志红

笔名雪飞扬。有作品刊于"太行文学"、《华东文学》《分金文学》《文源》《安阳日报》、《红旗渠》报等。

28. 通往另一处风景的小路

　　清晨，我随着人流在山林式的龙山公园里散步。往常，我一直是随着大流走大路的，今天突发奇想要独辟一条属于我的新的路来。那是小树林里一条砾石遍布、棘刺拦路、柏树和灌木夹道、鲜有人迹的上坡路。
　　几乎都是石块堆砌，有尖厉的，有圆的、方块的，大多是形状不规则的石头。石缝里是雨天经自然冲刷填起来的泥土，去年落下的柏树籽沤成了像羊粪蛋一样的褐色。
　　我走在上面，想象着我童年时经常走的道路，要是把这些柏树籽当作羊粪蛋的话，那么我就轻易地穿越到了童年。如今，我感受到了特有的亲切的山林气息、石头与泥土搅和在一起的气息，却闻不到最能代表乡村的牛羊粪的气息。当年，那是我最讨厌的东西,而今却因为它的缺席陡减了童年的家乡的气息。

不过还好,我听到了亲切的小鸟鸣啭的声音。"叽叽叽、喳喳喳",近处的是在向我这个陌生的客人打招呼,远处的或许是情人之间在呢喃吧?

踩在砾石上,并没有小时候那种被砾石硌得生疼的感觉,反而因轻微增加了一份舒怡,我简直是在享受了。灌木和柏树伸出它们的手,时不时地扯一下我的衣摆,大概是对我亲昵的抚摸吧。

在这片暂时远离喧嚣的地方,我惬意地独享着一份与自然相处的宁静。多么踏实而安逸的时光啊!

我想,这一处,一定是匆忙、爱热闹的现代人遗忘的一隅世外桃源。我闭上眼倾听来自虫鸟世界的密语……

人生路上,或许一个不经意的转念,你脱离常规,去走了一条常人不走的路,闯入一片充满鸟语花香的世外桃源,使你欣喜不已。

黄红霞

年轻时爱悲春伤秋,中年时爱回望过去。勤于动心,疏于动笔。

29. 最忆是海棠

张爱玲在《红楼梦魇》中提到人生三恨:一恨鲥鱼刺多,二恨海棠无香,三恨红楼未完。于我而言,顶紧要的是海棠,纵然海棠无香。

小时候,堂前屋后常见的花花草草莫不是桃花、梨花、苹果花这些实用果树的花。这些花美则美矣,可与海棠一比,总是觉得多了点什么,又少了点什么。现在想来桃花虽也在三月的剪刀中斗霜傲雪,但多少失之于浓艳。梨花呢,又过于清雅,身子太单薄。院子里的那株石榴倒是我的心头好,一想到它那晶莹剔透宛如宝石的果实,就不由得不爱它的花。榴花的热情、浪漫曾点亮了多少寡淡无味的日子呀。

直到有一日,我在儿时玩伴的奶奶家里第一次看到了海棠花，一切才显得刚刚好。那是一株两三米高的树，绿叶葱翠中冒出朵朵花蕾，骄傲一些的已张开了粉嘟嘟的唇。我不由得惊了，驻足，天底下竟有这么好看的花吗？怎么我没早点见着呢？搭着一把老旧不堪的木梯，在吱吱呀呀中登上了房顶，攀一枝花过来，细细地嗅，一点香味也没有，多少存了些失落。我快快地下楼来，喃喃自语道：这么好看怎么就没有一点香味呢？

此后，上学从同学家门前路过的时候，即使冒着快要迟到的危险，我也总要瞥上那么一两眼，从抽芽、吐艳，到结果，直至飘零。这海棠算是长在我的童年的血肉中了。后来，学校搬到了另一个地方，渐渐地，海棠也便从我的日常中匿去了。

上大一的时候，我常在6号教学楼外的拐角外伤春悲月地写写画画些少女心事。忽一日偶一抬头，发现几株新栽的树，竟是海棠，春风中，兀自吐蕊的不就是儿时记忆中的海棠吗？它宛如摇曳着粉白长裙的仙子，临风含笑，默然致意。我就一个人安然地凝视着这仙花，雅致高韵自成的花。花要是谢了呢？轻轻地摘上两朵，压在日记本里，不时玩赏。又4年，作别校园。收拾好行礼后，我悄悄地一个人专门作别了陪伴了我又一程的老友，再见，海棠；海棠，再见。

于今，又14年过去了，我走过无穷的路，见过无数的花，然而再也没有见过像海棠那样打动我心扉的花了。今日偶遇院子里的海棠果，让我念起你们，沉眠在我心底却从未远离的你们。老家的海棠花的主人早已仙逝，校园的海棠花想必也已几易其主了吧，只想一问：春风中临风低吟浅笑的海棠，你们可好？

刘梅平

林州人，人民警察，爱好写作、朗诵。

30. 湖畔

我们小区旁边新建了一个人工湖，与人民公园毗邻，中间隔着一条马路，路下有水泥桥使人工湖与公园的大湖相连相通。如果说人民公园的大湖是母亲，那么这个人工湖就是她的子女，位于她的下游，仰赖她的水源补给。

人工湖面积虽小，然而有湖有桥有亭，四围遍植垂柳、松柏，树下有草皮。春天到了，树木返青，垂柳吐絮，花树盛开，景色分外迷人。

绕湖有两条小路，一条位于湖岸边栏杆外侧，红砖铺就；另一条位置稍高于这一条，与地面相平，是红色颗粒跑道。这条跑道外侧，便是青青草地、苍松翠柏与垂柳依依，再远处的草地上，红的、粉的、紫的、白的花正在热烈地开放，浓郁的香味弥漫在林间湖边。

湖畔周边是汉白玉石头栏杆，中间装饰有梅兰竹菊石雕图画，栏杆的柱子上雕有五彩祥云图案。整个湖区，干净整洁，行走在湖边，蓝天白云下碧水清流，木桥亭台筑于盈盈水波之上，空气清新，环境宜人，正是休闲锻炼的好地方。

晚上，我与爱人出去散步。刚走到院子门口，星星点点的雨就开始落下来。雨滴虽然大，但很稀疏，而且时下时停，我们便继续向湖畔走去。

来到湖边，雨停了，锻炼的人却因为下雨都散去了。天空黑沉沉的，一轮上弦月高挂天穹，由于有乌云遮蔽，星星不见了，月亮模模糊糊的，仿佛披上了一层薄纱。我和爱人慢慢地走在湖边，听远处有鹅嘎嘎地叫。我们循着声音走去，看到湖岸边栏杆里面真的有一群鹅！以前没见过，可能是刚刚放养进来的吧。天晚了，它们也许迷路了，不知该到哪里去宿营，惶恐地沿着湖岸走走停停，不时地停下来仰起细长的脖子鸣叫一阵，又继续无头无脑地向前走。正在这时，雨又下起来了，这次不是零零星星的小雨，而是密集的雨，我们忙撑开雨伞。湖边的鹅们更紧张了，它们掉转头，仓皇而去。我们跟在它们后面，雨打在伞上，又很快地滑落到脚下，在水面上打下一个个小水坑，快活地在水面上跳跃。久旱的树木与草地拼命地吮吸这来自天庭的甘霖，很快，空气中便弥漫了一股湿润的青草和新鲜泥土的芳香，混合着湖水淡淡的水草味，沁人心脾。

10余分钟后，雨停了，真是春雨贵如油啊。这时，乌云向东移去，一轮皎洁的明月露了出来。经过风雨的洗礼，天更蓝，月更亮了。小星星也出来了，在月亮周围调皮地眨着眼睛。徐徐的微风吹来，湖面上一层层涟漪荡漾开去，在灯光下闪着细碎的光波。路灯倒映在水中，放大成一根根粗大的黄色光柱，仿佛水下建了一座金碧辉煌的宫殿。远处的木桥和亭子都用彩色光带装饰，不时变幻出五彩的颜色，这些光带投影到水中，好像一面宽大的彩虹旗帜，在水波中飘扬。

  鹅们也静了下来，蹲在湖岸边，守着这湖，守着这光影笼罩的亭子、小桥。这里是它们的家园，它们是这里的主人。白天，它们摇头摆尾地畅游在湖里，白色的身体自如地在水里游戏。有小鱼小虾游过，它们果断地将头伸下水去，轻轻地一啄，又云淡风轻地继续向前，仿佛那捕鱼摸虾根本不是个事儿。夜晚的风吹皱了一池湖水，它们默默地立在湖畔，专注地望着湖水，莫不是在想，面前这碎琼乱玉般光波激荡的湖面，是它们白天游戏其中的湖吗？

  我们站在栏杆旁边，静静地欣赏眼前的美景，微风拂面，杨柳婆娑，碧波起伏，恍若置身江南水乡。爱人说如此美景，怎能没有音乐呢？于是打开手机，曼妙的琴声响起，歌手沧桑的嗓音传来，一曲《成都》缓缓地把我们带入成都午夜静谧的街头，一男子手插在裤兜，女伴挽着他的衣袖，漫步到玉林路的尽头……

  伴随着悠扬的歌声，我们仿佛进入浪漫的故事里，徜徉在悠长的街巷里。情之所至，突然想到，什么时候我们也能写一首《林州》，让漫步在林州街头的人们，听着一首名为《林州》的歌曲，看着林州的美景，沉醉于斯，这该是多么美好啊！只可惜自己没有一支生花的妙笔，描绘不出家乡美丽的容貌，更可惜自己没有音乐天赋,谱不出天籁般的乐曲,送给我们的家乡。但我想,会有那么一天,一首名为《林州》的歌曲在耳边响起,让我们还能想起今夜的湖畔。

尤艳芳

林州市市直七小教师,热爱生活,喜欢记录点滴。

31. 幸福在路上

我一直知道,我是幸福的。只是,我有时不愿承认而已。

那日,我们一家四口在黄昏里游走在去往龙湖的路上,我们不打车,不骑车,只享受在一起散步的时光。

其实,在别人看似平常的散步,对我们来说却是难得的机会。大宝学习紧张,一起出来散步的日子寥寥无几。这样的时刻于我们就像是欢乐的节日,我们彼此珍惜。一路上,大宝安静沉稳,小宝活蹦乱跳。看着他与弟弟嬉笑打闹,我陶醉其中,浅笑嫣然,偶尔也调解两人的矛盾,哄弄小宝。在这样的时刻,内心洋溢着汩汩的温情、满满的幸福,连周身的空气也变得静谧甜美,远处的灯火亦透出温情的味道。

暮色渐浓,华灯初上。一层浪漫的气息笼罩着夜色,诗意且迷离。穿越十字路口红绿灯时，我们相互拉起了手，开始向对面奔跑。那一刻，如同生出了美丽的翅膀，奔向幸福的彼岸。停歇下来的时候，我们能感受到彼此的心跳，那是幸福的音符。小宝说："妈妈，我们过着幸福的生活。"是的，因为我们在一起，所以幸福无比。

我们一起相依的这几年，日子平淡，生活简朴，可是，我们的心一直是丰盈的。对于孩子，我没有做到无微不至的照顾，更没有给他完全的物质享受，然而，我百分百能确定的是，我给了他内心满满的幸福，独一无二的幸福。孩子在爱的家庭里长大，从小就能感受到幸福，捕捉幸福的踪迹。对于爱人，虽然我们之间偶尔也会有矛盾，但与他款款的深情、浓浓的温暖相比都是微不足道的。

夜色渐浓，我们决定回家，还是慢慢地步行，一路走一路说说笑笑。我问儿子："幸福是什么味道？"儿子不假思索地说："幸福是甜甜的，幸福是香香的。"

幸福一直就在路上，只要你愿意，只要你张开双臂，你就能将它拥抱，满满地将它收获。

徐廷芬

文学爱好者,酷爱写作。

32. 我心向阳

前段时间带孩子出去玩耍,看到了田埂上倔强生长着的向日葵,心里感到莫名的喜欢。向日葵的脸庞圆圆的,周围镶嵌着一圈金黄色的花瓣;花蕊中的葵花籽一个挨着一个,密密麻麻而又井然有序地排列着;向日葵身穿碧绿色的衣裳,长得高大而又挺拔。黄色的脸庞和碧绿的身子相互映衬着,一切都显得那么和谐与自然。

以前听过一首歌叫《女人如花》,歌词优美,旋律动听。有时候,我就想:我到底是哪一种花呢?思来想去,我觉得我就是一株向日葵,似花非花,不引人注目,却也自成一色;虽不耀眼夺目,却也有自己的光芒。

向日葵不仅外表美,其精神尤其可贵。不管生长在如何贫瘠的土地上，不管受到如何不公平的待遇，它总能够向着太阳顽强生长，这也是我喜欢它的最主要的原因。

这也许与我的成长经历有关系，我从小就像一株向日葵，虽历经种种磨难，但从来不肯屈服，倔强而努力地成长着。

我自小体弱多病，听母亲说，我好几次与上帝擦肩而过。算命先生曾说："此女就像路边的野草，不易成活，要到12岁才能成人。"也许算命先生真有未卜先知的本领，12岁以前，我常常体弱休克、磨难重重，12岁以后，我体格日渐健壮，身体一天好过一天。

5岁那年，父母在家里忙着修建厨房，我在邻居家与小伙伴玩耍、嬉戏。他家有一口大水缸矗立在院子的正中央，旁边有一口红薯窖，我和邻家的阿姨一边聊天，一边围着水缸转来转去，一个不小心，不知怎的，我"嗖"的一下子就栽倒在了红薯窖里，好在屁股先着地，只是受了点儿惊吓。我摇摇晃晃地从红薯窖里站了起来，脑子里一片空白。我的父母被吓得魂飞魄散，据说他们一齐从厨房的门里往外挤，各不相让，差点儿打了起来。

还有一次，我和母亲抱着妹妹去邻居家串门，到她家后，我突然觉得身子极度困乏，就想躺在床上休息一会儿，谁知我刚闭上眼睛就"不省人事"了，这可把众人吓个半死，他们掐人中、施急救，忙得那叫一个不可开交。更羞于启齿的是我还给人家尿了一炕，第二天，我又活蹦乱跳地出现在村里的大街小巷。

就这样，我一次次地和死神握手又再见，算是有惊无险。每当遇到困难的时候，我总是会想：挺一挺，总会过去的，不管今天是如何地阴雨绵绵，明天的太阳终究会从东方升起，一样会照到我的身上。靠着这样一份信念,我跨过了万水千山,困难在我面前变成了丢盔弃甲的败将,变得那么不堪一击。时间一长,我发现困难就像纸老虎,你强它就弱,你进它就退。

弹指一挥间,我已懵懵懂懂走过了30余年,成长途中经历的风雨尽管不计其数,遭受的磨难也不胜枚举,好在我都坚强地扛过去了,我没有因此而沉沦下去,反而愈来愈坚强,越来越坚不可摧,我就像一株向日葵,总能够朝着太阳茁壮地成长。

我将继续发扬可贵的向日葵精神,一如既往地向着太阳成长,因为只要有太阳,就会有希望!

王翠利

林州二小北校教师,喜欢阅读、写作、信手涂鸦。

33. 浮生半日闲

怕咖啡苦涩,于是在半低的城墙石阶上专心致志地把方糖和一小杯醇厚的牛奶加了进去。那一刻,一缕奶黄色的点点晶晶的线在我的眼眸下方像魔法一下吸进我的脑海和灵魂,温暖我的身心。

两个抛却尘世间一切烦恼的人,在时间的隧道里恣意地遨游,和宋夹城遗址第一次亲密接触。空旷的城墙内,依旧温暖的秋阳和风细雨地安抚它麾下的每一个灵魂。在岁月的浮动中,沧桑与现代并存。

几近中午,西餐店里的人很少。靠里的座,亲切地交谈,那一刻,真挚永恒。我说我最近在听陈奕迅的歌,几首节奏柔和舒缓的音乐过后,陈奕迅的《好久不见》在恬静的空气中缓缓飘来，然后是他比我熟悉的艾薇儿的 *Skater Boy*（《滑板少年》）。

我以为我们可以到一切想要去的地方，可手机上的地图说了谎，遥远的 20 路的终点是发电厂，是他小时候梦想中最宏伟的所在。正午的阳光有些刺眼，和他徒步走在郊外的田路上，听他讲小时候的趣闻，跟他一起呼吸田野的青草香，这是一个充满幻想和渴求的年纪。那一刻，他是一株高高的芦苇，我是芦苇荡里停靠在他身边的那只有红色嘴唇的小雀儿。

在荒无人烟的马路上，等一辆出租车似乎比登天还难。阳光溽热未消，我觉得口渴，走过十字路口，心猿意马地焦虑等待，有两辆出租车故意作对，在我们眼前披着战袍呼啸而过。

坐 32 路返回市区，转乘 62 路到宋夹城遗址。干净的沥青路，通往千年前的宋，从朱门里望见重重叠叠灰色的城墙和木质的建筑，开始时间的穿越。在城楼上停留，欣赏秋天里特有的清爽的风景：如银子般跳跃的湖水，茫茫苍苍的芦苇荡。还有河边独自思考的野鸭，他说它寂寞，是因为它失恋了……某个时间点，一行白鹭沿着河岸，悠游滑行。天空的东北方是两架银色的飞机，远看似乎是静止的，但事实上它在动。每个场馆都有独特的展览和历史，我一面惊叹古人的巧夺天工，一面感慨现代人生活的粗糙，在时间的隧道里穿梭。地下出土的兵器让我想起了当年的血刃战和历史中那些鲜活的剪影。几十年之后，我们也会灰飞烟灭，化为时间的悬浮颗粒。

他说右面的风景要比左面的精彩，确实如此。右面是冀中苍茫的风光，岸边有不知名的麦穗般的粉红色花朵。对面的岸上小径，不经意瞥到一个有趣的男子，他穿着一条底裤在跑步，像朱德庸笔下的漫画人物，兴致盎然，和这秋天的恬适很合拍。

一个泳者在仰泳，睡着了，漂浮着，就要搁浅岸边，"唷"的一声惊醒，用差异的眼光望着我们，开怀一笑。斜对面是大明寺的栖灵塔，某年某月某日……

城左面的风景是温婉的小家碧玉：荷花荡，树林，棕红色的宫灯。对岸有新人在拍婚纱照，他问我有没有想过自己穿上婚纱是什么样子，那时的我，是一朵不胜清风娇羞的莲花。偷得半日闲，用心赏风景。他说饿了，很饿，我想，如果他变成一只羊，就可以吃这漫天地里的草。遥远的天边，酡红的云彩里，有两个喝醉酒的太阳。

喜欢回来路上的大斜坡，让我有飞翔的快乐。

我对他说：心有多大，舞台就有多大，祈求上天给你好的结果。也谢谢有你的日子。浮生里的半日闲，和你，穿梭在时光永恒的隧道里，你的黑色的外套，回眸的风声。

田静红

林州市第五小学语文教师。热爱教育,热爱生活。

34. 麦田随想

斜阳渐垂之际,放下一切杂念,静静地走进广阔的田野中,去观赏诱人的金黄,感受生命的呼吸。

风吹来,轻拂人们的面颊,摇动沉甸甸的麦穗。无边的金黄,涌动的麦浪,农人的谈笑,孩童的嬉戏,构成了美妙的乐章,回响在田野之上,荡漾在心头之间。

还没开镰,丰收的喜悦已在眼前,沉甸甸的麦穗丰满而盈眼,静谧而安详。民以食为天,养育万物的天,那是生活的希望。

我静静地站立,嗅着浅浅的麦香,眼前出现了曾经收获的场面……

我小的时候，收获农作物全靠人工。麦子成熟后，镰刀是主要工具，动作娴熟的大人们俯下身，躬下腰，左手张开，揽一大把麦秆入怀，右手拿起镰刀放到这一大把麦子根部，向着怀里的方向一拉，"嚓"的一声截断麦秆，齐刷刷地，果断、利落，就着穗头方向，顺手一搁。再揽、再割、再放……躬腰在田地，就像置身在热气腾腾的蒸笼里，汗流浃背如雨下，洒在地上，瞬间被焦渴的土地吸干。被麦芒刺伤的胳膊，细细长长的血条子一道又一道。但听着这悦耳的嚓嚓声，嗅着醉人的麦香，看着转眼间就打成了捆儿、堆成了山的麦子，劳作的辛苦就没有了一丁点儿的怨言，继续如不知疲倦的耕牛般劳作着，出透了汗的身子仿佛也是幸福的延伸……

我们这些孩子，羡慕大人们娴熟的动作，在旁边照着他们的样子尝试着收割。到后来，我也成了割麦子的好把手，熟练、迅速。

不过，在那时，拾麦穗是我们主要的活儿。麦子成熟时有点干焦，需要一摞一摞地搬运到小推车上，用绳子拴住，一车一车地推回去，弯腰抱起时、往车上放时、用绳子使劲拴住时，会掉不少的麦穗。运走麦子后，大人们就会把拾麦穗的任务交给我们。我们提一个小篮子，眼睛像探照灯一样，扫射着收割后的地面，见一个拾一个，把麦穗放到我们的小篮里。我们一边在麦茬地里找麦穗，一边不停地打闹戏耍，呐喊声、嬉笑声，飘荡在麦地上空。

天气热，劳动强度大，收割时，若是累得很了，大人们会站一会儿或蹲一会儿，聊一会儿天，或揪下一粒麦穗，微笑着揉搓，缓缓地吹一口气，手中是粒粒金黄，估一估产量，嗅一嗅弥漫着的淡淡麦香，于是浑身又来了力量，带着满怀的麦香、满心的快活、满鬓的汗珠、满眼的光芒，继续弯腰、俯身、一揽、一割、一放……

我站在广阔的麦田上回味着。又一阵风吹来，麦穗摇曳，闪耀在上面的浮光翻滚着、跳跃着、欢喜着，夹裹着成熟的气息，一波一波随风荡漾开去，一种幸福在麦田中蔓延……

随着时代的进步，收割早已被机器取代，快捷、省力了，但手工劳作的那一幕幕仍在记忆中清晰呈现。母亲家仅有的一块麦地收割时，我定会拿起镰刀俯身于金色麦田之中，感受那热辣辣的夹杂着麦香的气息，揽一大把麦秆入怀，拿起镰刀一拉，倾听麦秆离地的"咔嚓"声，重温穗头沉甸甸坠手的感觉，重拾耕牛般不知疲倦的力量……

麦收时节，到金黄的田野走走、嗅嗅，去领略一种风光，寻找一种感悟。

梁亚丽

化学教研员。喜欢音乐、瑜伽,并不擅长文字,偶有生活感悟付诸笔端。

35. 韭菜

我对于韭菜的钟爱由来已久。有时我也常常问自己,普普通通的韭菜,为何让我对它如此偏爱呢?思来想去,应该是因为它总带给我惊喜和感动吧。

小时候,生活贫穷,一年里头是难得吃到白面的。如若能吃一次白面条,全家人就会兴奋得像过节一样。此时,奶奶总会认真地把一小把韭菜洗好切碎、用盐腌好,吃饭时放上一些作为佐料。韭菜拌面那可真是人间美味!也许从那时起,伴着美好的记忆,韭菜就深深地扎根于我的脑海了。

不仅如此,在我的眼里,韭菜是和春天连在一起的。每逢春暖花开,我喜欢到大山里踏青,寻找春天的气息。那零零星星的山韭菜最是吸引我的眼球。经过漫长的冬季,在一片还未完全复苏的枯草山野,这绿色带给我的欣喜就如婴儿到来一样。后来,挖山韭菜就成了我的一大乐趣。我常常邀几位好友结伴而行,一路说说笑笑,边走边寻找,有时在石缝里,有时在树底下,有时在山坡上,有时在山洼里,有时一棵棵,有时一丛丛,当"踏破铁鞋"发现大片的山韭菜时,我们会高兴得像小孩子那样欢呼雀跃。用山涧泉水洗净,放在石头上晾好,带回来。有时我们在山上野炊,就用挖到的韭菜和上几个鸡蛋炒一炒,吃上一口,齿颊生香,回味无穷。

还有更惊喜的事儿。有一次,我去姐姐家玩儿。傍午时分,姐姐去院子里转了一圈儿,回来时手里多了一把青色的菜,她洗了洗放到锅里。开始我没注意,后来才发现是韭菜,我很是奇怪,没记得院子里有韭菜呀,于是跑到院子里寻找,终于在靠墙角的石头铺的地面的缝隙里发现了一棵又一棵翠绿欲滴的韭菜。微风吹来,韭菜一摇一点地好似在向我微笑,很是喜人。我问姐姐:"为何种到石缝里?"我姐说:"野生的,原来只有几棵,没理它,后来越长越多,想吃的时候去掐一把,过几天就又长出来了。""哦,这样啊。"我忍不住赞不绝口,惊羡于它那旺盛的生命力了。那顿饭,格外美味。

惊喜还在老家院子。有一次回去,那一块两米见方的闲着的土地上突然齐刷刷地长出了一片韭菜。我既欣喜又诧异,原来,那次姐姐看我喜欢,就抽空种了。这真是太出乎我的意料了,我非常兴奋。看着那些绿绿的、青青的、嫩嫩的小苗,我忍不住去抚摸了它们。后来,每次回老家我都要第一时间去侍弄一番,拔拔草,松松土,施施肥,浇浇水。其实,对于种庄稼,爱人比我懂得多,经常是他在前面示范,我在后面跟着学样。终于,在我们的努力下,韭菜长势喜人。每年春天,第一茬韭菜割下来，我总要送给亲戚朋友。夏天，再把韭花摘下，放些姜、盐捣碎腌好，做成韭花酱，乐哉乐哉！

　　韭菜不仅仅给我惊喜，还有感动。老院子里有一棵大果树，遮天蔽日的，需要修剪。爱人砍下很多树枝，把它们放到了长韭菜的那块地边，盖住了一个角。我很是心疼，爱人却说不碍事，我将信将疑。过了一段时间，我们回老家。一下车，我就迫不及待地去看望它们。真的是一个奇迹！那些被压在树枝下的韭菜不仅没有被压垮，反而更加茁壮，根茎粗大，个头高挑，颜色也更深了，不再是青绿，而是深绿、墨绿，和周围的同伴们相比如鹤立鸡群，格外耀眼。它们从树枝缝里坚韧地钻出来，昂首挺胸，不甘示弱，似乎在向那些树枝示威呢。韭菜再一次让我对它刮目相看，给我启迪。

　　韭菜，看似普通，却并不普通……

张爱芳

林州人,喜爱文学。

36. 孩子,请接收艰苦!

10号,是高一新生报到的日子。一大早赶去学校,车子已经从校门外延伸到大马路上,到处都是手提肩扛收纳箱和行李的学生和家长。

红色的拱形门上醒目地张贴着"欢迎新同学"的大字,有志愿者帮忙引导。我们更幸运,一个高大帅气的男孩帮着扛行李找宿舍。

宿舍干净整洁,教室也是宽敞明亮,班主任和任课老师热情和蔼,井然有序地进行着接待工作。

把孩子交到老师手中,我们走了。

回到家还是担心孩子,不自觉地又去看望一下她。

高一的学生正在排队,依次去食堂吃饭。我左问右问总算在人群中找到了女儿，问她饭菜好吃吗，她说不习惯，我的心突然就提溜了起来。看到好几位老师在执勤，于是上前询问。老师们很亲切，解释说现在学校正在建设中，环境差，但很快会好起来的，食堂里有豆沫、稀饭、炒菜……说他们也天天在那吃，都是餐饮公司统一配送，味道还可以。

我说安全问题是我们大家最担心的，这四周没有围墙，谁想进来都可以进来，要是有坏人进来可怎么办？！校长说每栋宿舍楼里都有值班老师，各班班主任都住在宿舍里，没有回过家，安全问题一点不用担心。又说各个教室走廊里都有纯净水，学生们可以免费喝。我也亲眼看到教室前有六个写着"慈善总会"、装满热水的保温桶。

三中的孩子们，虽然你们比上了一中、二中、五中的孩子们成绩差了一点点，但又有谁敢说你们努努力就不会赶超他们呢？哪个孩子都是父母心中的宝，哪个孩子都是父母眼中最聪明的孩子，你们只要认真反思自己的不足，改掉坏习惯，养成好习惯，就一定能行！

现在的环境比起其他学校是差了点，但你们没有缺衣少食，没有冻着渴着饿着，只不过比起在家条件有点简陋，但你们都是16岁的孩子了，相信你们有很强的适应环境的能力。

汉元帝时，匡衡家里很穷，夜里想读书，没钱买油灯，就偷偷地凿壁偷光；汉朝时的孙敬，为了不因疲劳瞌睡而悬梁刺股；晋代孙康，映雪夜读……

现在的孩子们不愿意纵向比较，觉得那时候条件有限，现在条件好了，享受好的环境是理所应当的。可2017年高考状元中有一位，父丧母瘫，家里可谓是一贫如洗，每天放学后他还得照顾母亲的生活起居。今年姚村的高考状元，父母是收玉米的，条件可想而知，父母没有时间去管孩子，孩子还不是照样出人头地？

　　我们小时候特别想上学深造，可是条件不允许！那时候上小学，教室屋顶露着光，纸糊的窗户破洞百出，下雨天外面下大里面下小；数九天，寒风怒号，吹得我们的脸钻心地疼，手上的冻疮一个接一个，每天坐板凳就杌子。后来换了教室，也是就着冰冷的水泥板。但是因为爱好学习，我每门都是 100 分，所以说环境不会影响学习，主要是态度问题。

　　看到你们学校里的民工了吗？你们嫌弃吃得不好，他们比你们吃得更不好，你们坐着读了一天书，他们汗流浃背地在太阳底下干了一天活儿。中午你们可以自在地躺在床上休息，他们随便躺在石头、木板上就鼾声如雷。这就是区别，好好珍惜你们的生活吧，不要再抱怨这抱怨那。

　　你们应该把心态放正、放平，一心一意地去学习，向自己既定的目标奋斗努力。我相信你们和考上一中的孩子一样冰雪聪明。我更相信你们会在老师的精心教导下刻苦学习，考出更好的成绩！

王晓平

喜欢安静地将自己安放于淡淡的文字,握一份随意与清醒,镌一路自然与灵性,许自己一份宠辱不惊。

37. 回家

今天,又一次回家看娘。每次回家,都想给娘一个拥抱,但一进家还是大喊:"爹、娘,我回来了!"

"是老二啊,回来就好,回来就好!"是爹的声音。我在家里排行老二,家里人都喊我老二。

娘从厨房出来,依旧是那身打扮,只是看上去白头发增加了许多,额头上的皱纹又深了。娘手上沾着来不及拍打下去的菠菜叶,兴奋地说:"快回屋歇着,我给你做了西红柿鸡蛋面,马上就好。"娘就是这样实在。

娘在做饭,爹对我嘘寒问暖:在外有没有受委屈?有没有生病?孩子们怎么样?爱人怎么样?……像汇报工作那样,我一一回答了父亲。真是"可怜天下父母心,儿行千里母担忧"

啊。此时，享受着父母的关心，所有烦恼都烟消云散。看着爹布满皱纹的脸上堆满了笑容，我知道：这一年，爹娘都在想我了；这一年，他们无时无刻不希望我能早点回家；这一年，他们为了不让儿女担心又有多少病痛在瞒着；这一年，……

"老二，面条好了，吃饭！"厨房传来娘的声音。

"好，我去端饭。"

一碗热乎乎的面，多么熟悉的味道，这是我盼望已久的娘做的面！饭桌上已放上山西陈醋和红红的辣椒酱，还是娘最了解女儿。"这是你爹去新乡你二姑家时专门给你买的辣椒面，那儿卖的辣椒面辣，好吃。知道你要来，赶紧拿热油给你泼了一下，你爹尝过了，好吃，赶紧吃吧！"娘说。

"好。"

我放了辣椒酱和醋，享受着妈妈的味道。

饭后，计划带娘去剪发洗澡，却不知道娘会不会答应，她有点守旧，不习惯去大众澡堂，前几次都没同意。

没想到，娘这次竟然答应了。从家走到镇上也就几分钟的路，我们却走了很长时间。我走在娘的身后，看着她蹒跚的步履，感慨：娘又老了许多！

娘说："脚底板痛，不能走快路，只能慢慢走。"

我快步上前，搀扶着娘。"到那儿，好好泡泡脚，回头我给你修一下，刮一下老茧。"

"好，你能看清楚吗？要是你姐在就好了！"娘说。

"会的，我慢慢来，在太阳底下给你剪，还能看不清吗？"

"好吧。"

我再怎么近视，只要光线够了，慢慢来，我想我总会做好的。看样子，娘是真想姐姐了。每次都是姐姐帮娘修脚。姐姐嫁得那么远，只能过年的时候回家一次。我嫁得近，可经常不在老家，也一样！

澡堂里人很多，热气沸腾，闷得我们透不过气来。我扶着娘，向服务员要了个板凳，让娘坐下。

我帮娘洗头、搓澡。看着娘笨拙的动作，我眼泪哗哗地流了出来。我仰起头，任热水打在脸上，冲刷我内心的愧疚……面对年迈的娘，我心想：像洗澡这样我们习以为常的事情，我又帮过她几次呢？

我慢慢给娘搓背，一下，两下……长这么大，第一次给娘搓澡。我问娘："疼吗？疼的话我轻点儿。"

"不疼。"娘说。

我继续搓着，分不清顺着脸颊流下的是水还是泪，只觉得心里一阵一阵地痛。

搓脚时，看到娘脚底板下那一个个厚厚的老茧，我忍不住泪眼婆娑……这走路能不疼吗？怪不得娘唠叨说邻居郭四妞常来给她刮脚底下的老茧。今天，我终于明白：娘老了，娘也需要我常回家看看，回家给她修剪一下脚底板的老茧！

娘，我以后会常回家的，我保证。

潘瑞青

教师，爱好读书和旅行，欣赏"要么读书，要么旅行，身体和灵魂，总要有一个在路上"。

38. 陪伴是最长情的告白！
——致即将参加高考的儿子

宝贝！昨天接到老师通知，学校今天上午要召开高三最后一次家长会。早上7点多，你打来了电话，弱弱地问："妈，你还来吗？"我不假思索地说："当然要去，怎么能不去呢？"挂上电话，静坐窗前，往事一幕幕又浮现于脑海。

宝贝！儿时的你，聪明活泼，人见人爱。记得你刚牙牙学语时，妈妈陪你看英文儿歌的光盘，你边看边听边表演，惹得全家人都拍手称赞。春节的时候，叔叔伯伯们在一块儿热闹，3岁的你竟能和在医院工作的叔叔你一我二地数下来10个阿拉伯数字。多年以后，叔叔每次见到你都会提起那段往事。那时我常想，你就是上天赐予我们的最好的礼物，是父母的骄傲，我也因此坚持写你的成长日记。

宝贝！小学五年转瞬即逝，那一年，有消息说小学要改制，取消六年级，并且也有学校已经开始有实验班。暑假里，妈妈征求你的意见，你坚定地说："妈，你利用暑假时间给我补六年级的课，开学以后，我直接上中学。"也许是妈妈当时太急功近利，那一刻，我们不谋而合。那个暑假，我们花费大量的时间学习，从六年级到初一，从数学到英语，从基础知识到拓展练习，终于，新学期开学后，你到妈妈任教的中学上初一了。

宝贝！自从你上了初中，妈妈一刻也不敢松懈，又像回到了自己的学生时代，和你一起上学下学，和你一起承受压力。还记得初二那次期中考试吗？你仍是班里的第12名，教师办公室里，数学老师和英语老师详细地为你分析了试卷的得分与失分情况。你满脸通红，一脸委屈，数学题本来都会做，可就是计算有误；英语一直是你的强项，可还是有不尽如人意的地方。那一刻，你心里是否也在抱怨妈妈？当我出现在办公室门口时，你再也忍不住了，号啕大哭地跑回了教室，妈妈也是无声泪自流。

宝贝！无论当时有多么艰辛，多么难挨，都令人感慨：逝者如斯夫！还记得高三一模过后，妈妈给你写的那封信吗？至今我都能背诵下来：儿子，昨晚收到老师发来的一模成绩，面对触目惊心的数字，近段睡眠不好的妈妈更是彻夜难眠，我悔我恨我心疼。我后悔我当时的一意孤行、急功近利（尽管我一直都不愿承认，经常说你年龄不算小，成熟比较早，可当无情的现实抽你嘴巴的时候，这就是铁证）。我恨的是你每每犯错，我们从未狠心地惩罚你，让你从心底里意识到自己的错误。可亲爱的宝贝，作为一名教师，面对你如此不堪的成绩，妈妈更多的是心疼。不敢想象，作为班长的你，在学校如何面对同学们不屑的眼神，如何面对一如既往给予你支持和帮助的老师们，又如何面对夜不能寐、恨铁不成钢的父母。好在，今天妈妈在接你回家的路上，又看到了信心百倍、风采依旧的你。

宝贝！高考倒计时，战鼓已擂响。今天家长会上，老师和家长们交流了高考前的一些心得，说到动情处，每位家长都是频频点头、心有灵犀，深深体会到老师的辛苦、孩子的不易及高考竞争的残酷。今天距离高考还有25天，爱唠叨的妈妈还是想把龙应台写给安德烈的话也送给你：孩子，我要求你读书用功，不是为了和别的孩子比成绩，是希望你将来会拥有选择的权利，选择有意义的工作，而不是被迫谋生。当你的工作在你心中有意义，你就有成就感。当你的工作给你时间，不剥夺你的生活，你就有尊严。成就感和尊严，会给你快乐。

宝贝！习主席说：奋斗是艰辛的，艰难困苦，玉汝于成，没有艰辛就不是真正的奋斗，别在该奋斗的年纪选择了安逸。奋斗本身就是一种幸福，只有奋斗的人生才称得上是幸福的人生。宝贝，为希望而战，为梦想而战！加油，宝贝！

张凤云

林州市阜民中学教师,爱读书,爱写字,爱运动,爱生活。

39. 最美的时光

最美的时光,就是此刻。

此刻,我在三楼的教室里监考。静悄悄的教室,洁白的墙壁,墨绿的黑板,沙沙转动着的风扇,讲桌下是排列整齐的青春小树,熟悉的面容,光洁的脸颊,明净的眼神,他们或凝神静思,或奋笔疾书,纵使安静不动,勃发的青春的活力也从每一个毛孔溢了出来。转头望去,窗外的大楼,大片的玉米地,9月的阳光,煦暖、安详,正好,恰恰好!恰如十六七岁的少年,青春真好!最美的时光,就是此刻。

此刻,宽敞的红旗渠大道。晨光熹微,头盔、手套、面巾、眼镜,全副武装,抬身跨车,车轮子哗哗地飞转,一支欢快的乐曲在心中流淌。我心爱的车子,给我带来无数欢乐的无声的伙伴！高楼庄，平板桥，青山如画多妩媚，绿水似带尽缠绵，红瓦、白墙、灰砖、绿树、青草、蓝天，骑友偶遇，欢声笑语不断。最美的时光，就是此刻。

此刻，清凉水世界。清凌凌的水，蓝莹莹的天，澄澈剔透，小男孩炮弹一样"扑通"一声跳下了水，小女孩的辫梢儿滴答、滴答地滴水，孩子们从滑梯上飞驰而下……水池中，他们追着赶着，撩水嬉戏，水花四溅，欢笑声、嬉闹声、尖叫声弥漫在空气之中。几年前，我和梅梅在淇河边玩水。从此，我便与水结了缘。在喝了无数的水后，由恐惧、尖叫到自如、惬意，水也由面目狰狞变得柔情脉脉，稳稳地、柔柔地、亲昵地托举着我。夏天真好！最美的时光，就是此刻。

此刻，梵音袅袅，绕梁不绝，深深地吸，缓缓地呼。此刻，忘掉身份和地位，放下责任和义务，抛开忧虑和烦恼，静静地倾听着自己的心声，就在这一呼一吸、一招一式之间，汗水从每一个毛孔汩汩冒出，衣服湿透，头发湿透，毛毯滴湿，淋漓酣畅，璀璨的笑在难以言说的痛之后。最美的时光，就是此刻。

此刻，高山悬崖玻璃栈道，无限风光在险峰，急湍甚箭，猛浪若奔。泉水激石，泠泠作响。好鸟相鸣，嘤嘤成韵。峰回路转，迂曲盘旋。山肴野蔌，杂然前陈。村言俚语，不绝于耳。心旷神怡，乐而忘归。最美的时光，就是此刻。

此刻，帘外雨潺潺，屋里人慵懒，倚被掩卷。这晴耕雨读的生活，是蛰居心底、心驰神往的美妙画卷。倦了，闭目养神，静听蒋勋细说红楼。最美的时光，就是此刻。

想我凡俗小女子，手提一篮俗绿，走在喧嚣的菜市场边，安静，平和。最美的时光，就是此刻。

最美的时光，就是此刻，就是当下，就是每一次起心动念。一念一想，都花开有声。

2016 年 9 月 1 日

郭晓芳

林州市第二实验幼儿园教师。"世界如此美好,当倾己所能去生活",做让自己喜欢、别人舒服的那个人。

40. 母亲的沉默

很早就有了写写母亲的念头,可一直无从下笔。不是没什么可写,而是不知道怎么写。

母亲一生不爱说话,从不对我唠唠叨叨,也从未和我深入地沟通过。但是我能看出来,母亲大大的眼睛里总是充满了柔柔的爱意。如果要说有什么对我的一生产生了影响,应该就是母亲的沉默了。

上小学时,我很贪玩,每天都是爬坡上树,是个不着家边儿的野丫头,自然,作业也总是丢三落四。记得有一年麦假,该开学了,我又没完成作业,晚上既害怕又难过。偏偏村里又停了电,夜里 11 点多,我还在昏黄的煤油灯下做作业。母亲拾掇好收割回来的麦子,悄悄地坐在了我身边。她一句话也不说,眼睛却一直盯着我的作业本。我不用担心她能否看出我写得对错,因为她识字不多。夜深了,静得能听到母亲细微的呼吸声。我心里一着急,橡皮擦破了作业纸,眼泪顺着脸蛋儿滴答到了本子上。母亲还是一句话也没说,默默地从旁边的旧本子上撕下一小块儿白纸,转身去厨房拿来锅里剩下的软面条头,用右手食指按着来回搓了几下,又轻轻地把小块儿白纸粘到了作业纸背面的窟窿上。虽然是一个难看的补丁,但总比原来的好一点。母亲安慰我说:"好了。记着,作业没人替你写,以后要早些做完。"那一夜,我不知道何时做完了作业,但梦里都充满了惊悸。从那以后,我再也不敢拖拉了,每次放假都要先做完作业,再去玩耍。

现在,我也做母亲了。每逢儿子做作业拖拉的时候,我都忍不住要唠叨几句:"看你,自己的作业都不会按时完成,这样会考出好成绩?害得妈妈也陪你到半夜!"儿子总是一摆手:"别乱了,知道了!"说完一碰门,气得我在门外一句话也说不出来。此时,我总是会想到母亲,她怎么就会面对我的顽劣保持沉默,安静地陪伴我呢?正是因为母亲的沉默,我小小年纪就学会了自省,感受到了陪伴的力量。我深深体会到,很多时候,沉默或许比说教更有力量。

还有一件事,我至今记忆犹新。小时候,老家的门楼是土坯盖的,母亲经常把钥匙放在高处的一个墙窟窿里,怕我突然回来进不了家。有一次,邻居大娘偷偷地问我:"前几天在你家门楼上发现了一条蛇,很粗很长,你看见没有?"我急忙说:"没有啊,在哪儿呢?"她见我不像说谎,又问:"你娘就没跟你说啊?"我摇摇头,但瞬间就想到了一条可怕的大蛇盘在头顶上的情景,顾不得再和大娘说话,飞也似的跑回家里,扑到母亲怀里："娘，咱家门楼上有一条蛇吗？"

母亲又是沉默，停了一会儿才说："是啊，有一条。不过没事，我把它弄到后河沟里，它再也不会回来了。"我问母亲咋不告诉我。"你胆小，怕你害怕。不过也没啥，那是一条好蛇，不理人，走了就不会再回来了。"母亲缓慢地对我说。但是从那以后，每当从门楼下走过，我都会抬起头来先看一看，再也不敢去上面摸钥匙了。

母亲不喜欢八卦，她的话似乎总是没有什么感情色彩。小小的我，特别喜欢听鬼怪故事，母亲从来不给我讲，还说那都是骗人的，不要听。如今想来，母亲许是担心惊恐可怕之类的事情在我心底留下阴影，于是选择用沉默来保护我幼小的心灵。长大后的我性格比较开朗，与母亲的庇护不无关系。

我结婚时，母亲还是沉默。媒人去见母亲，她只说了一句"闺女愿意就中"。母亲表现得很平静，她对我说："闺女，你还小，能再等几年。不过，你要是实在愿意，那就出嫁吧！"

姑姑背地里跟我说，媒人走后，母亲在家哭了一夜。

婚礼当天，我在登上婚车的瞬间扭头回望母亲，只见她浑身颤抖着，脸上满是泪水，挥着的右胳膊停在半空……平时我总觉得母亲少言寡语、索然无趣，但那一刻我懂得了她的爱，懂得了她的心痛和无奈！沉默，不是无情，而是深情，是爱的暖流在心底默默地涌动。我慈爱的母亲，养我这么多年，她从无所求，只是希望他的女儿能够找到一个愿意嫁的人，开始自己幸福的生活。

"张嘴说话易，闭口沉默难。"现在，我终于懂得了母亲沉默的含义：沉默是爱，沉默是金啊……

王鹏伟

林州市林钢学校教师。笔名快乐,愿周围的人都能藐视困难,乐观向上,快快乐乐地生活。热爱生活,喜爱学生,崇尚真善美。爱好读书写字,喜欢结交文友,不时涂鸦生活中的感受、感想、感悟和美好的自然风光。

41. 童年趣事

清晨,正酣睡,窗外布谷鸟叫声阵阵,惊散了美梦,唤醒了童真,引入了遥远的童年时光。

布谷鸟一来,就该收麦子了。"布谷布谷,收麦种谷。"田野里的庄稼也由绿色海洋变成了金黄色的波涛。此刻,也是杏子成熟的季节。尤其是麦黄杏,个儿大得像金黄色的鸡蛋,诱人口水,咬一口,酸酸甜甜,那叫一个美啊!于是就干了坏事:趁大人歇晌时溜出家门,三个五个结伴去坡沟地偷杏子。有人在树上摘,有人在树下拾,也有人放哨,分工合作,精诚团结,口袋一满,就赶快收兵。找个阴凉地再吃,真是快乐啊!

还有惊奇的事!

那是夏日中午,大人都午休了,我正和姐姐在院里玩,忽听堂姐在大门口喊"利利你们快出来，去看稀罕儿"。我们应声跑出去。

"去驴圈。"堂姐急急地说。她满脸通红，额上一层密密的汗珠。

百来米的距离，一溜烟工夫我们就到了。看管牲口的王大爷不在，只有他家小四儿站在院里西边墙角。他看见我们连忙招手，做了个"噤声"手势并指向大灰驴。只见它安静地站在大片的麦秸秆上，尾巴下面果然有个物件。我们很是惊奇。那物件连着驴子的身体，准确地说，它正徐徐地从驴屁股眼里往下坠，渐渐增大。

正当我们目不转睛地看时，王大爷出现了。他那严厉的目光和阴沉的面孔令我们一颤。我们赶紧后退，退到驴圈门口，又偷偷回头，可王大爷高大的身躯挡住了视线。好奇的我们偷偷观望着，等待着。忽然，王大爷蹲了下来，用手去动麦秸地上的东西。

"下了小驴驹"，小四儿轻轻地说。我们顿时如梦初醒，伸长了脖子。只见小驴驹蜷缩着两条后腿，半立着前腿，高高抬着头，回看着王大爷。小驴驹身上湿漉漉的，晶莹闪亮。接着它后腿也站立起来了，可惜哆嗦着又倒下了。如此反复了两三次，它终于慢慢地站了起来。王大爷也跟着站了起来，脸上带着笑，深情地看着大灰驴和灰褐色的小驴驹。

"小兔崽子们，这也是你们能看的？幸好你们没乱吵嚷，否则的话我揍死你们！"王大爷笑容满面地呵斥我们，一边还真的推了小四儿一把。

童年的趣事一嘟噜一嘟噜的，天真无邪，快乐无边。

王明香

采桑镇中心小学教师，爱读书，爱运动，爱生活。

42. 又是一年槐花香

又是槐花飘香的时节，田间地头，房前屋后，一棵棵槐树刚刚吐出嫩绿的新芽，一串串、一簇簇晶莹如玉、洁白如雪的槐花就迫不及待地绽放开来。整个村庄，白天黑夜，都浸在槐花甜丝丝的香气里。

小时候，物质生活匮乏，过年后不久，冬储的白菜萝卜吃完，大部分家庭都已无鲜菜可吃，晒的干菜也所剩无几。等到槐花飘香，大人孩子都喜笑颜开，挎上篮子，提上袋子，扛着挠钩，来到高大的槐树下，手脚麻利的男孩子甩掉褂子，蹬掉鞋子，"哧溜"几下就爬到了树杈上。这个时候，爬树不但不被骂，还能受到表扬："看你家这孩子，上树真利索。"做母亲的脸一扬："我家这孩子，淘气起来倒是超人家好几个。"口气中满满的都是骄傲。我们这些爬不上树的孩子仰望着他们，目光中全是对英雄的崇拜。

挠钩递到树上孩子手中，在大人一声声"不要急""慢点儿"的叮嘱声中，一根根开满洁白槐花的树枝被挠钩折断，掉下树来。树下无论大人孩子，都先撸一串放到嘴里使劲儿地嚼着："真甜！"用手把一嘟噜一串的槐花撸到篮子里，还不误仰头喊："钩小树枝就行，别弄折大树枝，明年还要长槐花！"大家说着笑着，待篮子满了，就把槐花倒到袋子里。篮子袋子都满了，这才心满意足地呼唤树上的孩子下来，把地上撸过槐花的小树枝归拢归拢带回家，晒干了当柴烧。

回家的路上，每个人都很慷慨大方，遇到人就问："撸槐花了没有？没有就分给你些，瞧我撸了这么多。"被让的人就会说："不用了，不用了，我们家下午就去撸，也多撸些。"

一回到家，孩子们就开始剥蒜捣蒜，大人则从井里打水，先把蒸锅添水放到炉子上，再把槐花淘洗干净，用双手使劲搦干水分，放到面盆里。挖上一升玉米面，加一点儿白面，倒在槐花上，再用力把面揉到槐花上，直到每一朵槐花都沾上面粉，而且一粒一粒互不粘连。待蒸锅中水开了，在篦子上铺好干净的笼布，把揉好面粉的槐花均匀地摊在笼布上，中间留好透气孔，盖上盖子，蒸上10多分钟就熟了。盛到碗里，浇上蒜汁，用筷子搅拌均匀，深吸一口气，啊，槐花的清香，加上蒜汁的辛辣，真是无上的美味！

槐花开放的时间稍纵即逝，为了能多吃几次，人们就把剩下的槐花淘洗干净，用开水烫一烫，再捞出来在太阳底下晒干，装在袋子里收好，想吃了再拿点儿出来，稍微加工一下又是一顿美食。

随着生活水平的提高，衣食已然无忧，任何时候人们都可以买到各种新鲜的蔬菜水果。但每到槐花盛开的时节，依然会有很多人去采摘槐花。而槐花的吃法也更加多样，除了传统的拌面蒸着吃，还可以加面粉加鸡蛋搅拌成糊状，用电饼铛煎槐花饼吃，煎到两面金黄，外焦里嫩，满口甜香。还有人用槐花做馅儿蒸包子，更是别有味道。

我也一样，总要摘些槐花来，或蒸，或煎，若不这么做，总感觉缺了点什么。儿时的记忆，是永远都难以忘却啊！

岳晓芳

小学语文教师。性格开朗,热爱生活,闲暇时喜欢读书、写字、旅行,在行走中感悟生活的点滴和生命的意义。以梦为马,莫负韶华!

43. 又是一年槐花开

又是槐花飘香的季节,这几天,朋友圈里晒的尽是满树竞相怒放的槐花和槐花做成的美食,勾得我这个"馋猫"也心里痒痒。

槐花做成的美味有多种:槐花蒸菜、槐花炒鸡蛋、槐花包饺子、槐花汤等等,可谓是舌尖上的美食。想吃新鲜的槐花,一年就这么几天的时间。槐花说落就落了,所以趁着花开正好,得赶紧来品尝这春天馈赠的美味。这不,为了能吃上清香四溢的槐花饺子,下午下班后,呼朋唤友,我们一起驱车到皇后沟深山,开始美味的第一步:准备食材。

汽车在乡间公路上行驶,阳光还算明媚,只是风不太柔和。郁郁葱葱的树木和星星点点洁白的槐花纵横交织着在我们眼前,一闪而过。越往里走，空气越清新，槐花也多了起来，一簇簇的绚烂挂在树梢，白得耀眼，繁得热闹，如风铃般在微风中摇曳。"到了，到了……"车子还没停稳，我们就急切地跳了下来。浓郁的槐花香气扑面而来，深深吸一口，五脏六腑几乎都沾上了香气。"槐花开放，十里飘香呀！"我望着漫山遍野的槐花不由得发出赞叹。山坡岗上，沟沟坎坎，有槐树的地方，全都盛开着大片的槐花，一串串一簇簇，一嘟噜一嘟噜，密密实实地挤着挨着，白色的花朵小灯笼一般，惹人怜爱。同事赶紧拿手机拍照、转发朋友圈，生怕吝啬了这美丽的风景。

顺着山路往里走，我们在一个相对偏僻、清静、杂草丛生的大坡前停住。这里阳光灿烂，山风清爽，槐树满坡，串串槐花如雪点般缀在绿叶间，弥散着醉人的清香。摘槐花不容易，容易摘的低地都已被人抢了先，树顶上随风摇曳的串串槐花儿虽诱人却又让人无奈。况且，包饺子的槐花是有讲究的，需要的是即将开放的花蕾，泛着青涩的淡绿的那种。我们带的镰刀虽然短了些，但还是发挥了极大的作用。槐树枝上布满荆棘，一不小心，就会针刺入肉，钻心疼痛。当然，还得留心摔下去。食材采购不易，真是为嘴伤心哪。经过一个多小时的劳动，我们收获颇丰，满载而归。

回到家，将粉嘟嘟的槐花从花梗上捋下，放进盆里。槐花一年就开一次花，嫩嫩的花蕊把一年的好东西都奉献了出来，不用岂不可惜？

槐花饺子馅儿，做起来并不复杂。先将鲜槐花在沸水里汆一下，沥干水分。然后，与切得细碎的葱、姜、蒜和剁碎的炒鸡蛋拌在一起。最后，浇上食用油拌好，放入盐、调料，馅儿就做好了。然后，和面、包饺子、烧水、煮饺子……

大约 30 分钟后，饺子出锅了。我迫不及待地咬开一角，吸吮里边那嫩绿的花菜汁。哇，味道太美妙了！此时，我是不能说话的，怕一张嘴那香气就会跑出来。

一个又一个，吃着香甜、滚烫的槐花馅儿饺子，我们乐得合不拢嘴。槐花饺子，吃在嘴里，美在心上。都说"好吃不如饺子"，如果是槐花馅儿的，那就是"极品"，可以说是"槐花美食甲天下"了。你想呀，春夏的精华都被你含在嘴里，能不享受吗？我眯着眼回味，那天然的香甜，一年只相会一次，这是多么难得的事情呀……你若不信，尝尝就知道了。

真的，在繁忙的工作之余，走出去，悠闲地徜徉在田野间，亲自动手采摘槐花、制作美食，那真是别有一番心情和滋味。人的一生，吃、穿、用一切皆可简单，珍惜当下，回归自然，活在至真、至善、至美中，就是一种姿态！宠辱不惊，看庭前花开花落；去留无意，望天空云卷云舒……

"槐林五月漾琼花，郁郁芬芳醉万家，春水碧波飘落处，浮香一路到天涯。"待来年，再会这舌尖上的美味，不辜负这春的馈赠！

侯珍荣

闲愚一女子,平日里思绪繁多杂乱,自嘲思绪如草。本知空识浅,怎奈痴爱拙笔弄字。纸笺素笔恬恬醉,一份幽娴缕缕馨;平仄悠悠情缱绻,拙才浅浅渡心吟。

44. 拙才浅浅渡心吟

——写给我的丫头

昨晚睡觉前,看到你屋里亮着灯,书、手机随意放在旁边,眼镜也未摘下来,你已漫步梦乡。

原谅我吧,未经同意就打开了你的手机。上面一篇未完的文刺痛了我的心,夹着感动。我在下面给你留言:"很好,动情。可惜丫头你给自己的要求太高,这便成了潜意识的压力,限制了自我思维的飞跃,对思路也是一种困扰。其实随心动笔就可以,不必过多考虑是否精细,最触动人的往往是真挚朴实!"

为什么动笔?首先是兴趣爱好,不必非要奔着什么大理想。理想可以暂时搁后,让爱好排在前。矛盾?没有。因为做自己感兴趣的事才会快乐，才会激发更多潜能。长此以往，因兴趣而快乐，因爱好而陶醉地追随着自己喜欢的文字，那是何等愉悦！

原是愉悦的事，为什么非要把自己囚禁在名为"压力""困惑"的狭小圈子里呢？

文字，对于有些人来说是工具，对于有些人来说是武器，对于有些人来说是精神，对于有些人来说是舞台，对于有些人来说是人生，对于有些人来说是抽象的自我。对我来说，它是朋友，能理解我的心声。虽然对于每个人而言意义不同，但其魅力不变，想说的或必须说的，通过文字皆可诉诸。如此，写什么也只是我们在说自己想说的话而已，不违民族大义，无犯法碍人，无违背道德即可，有何困惑？

爱运动的并非都是运动员，爱跳舞的并非都是舞蹈家，爱唱歌的并非都是歌唱家，爱诗词的并非都是诗人，爱挥墨者并非都是书法家。爱写作的同样并非都是作家，有笔底烟花者，也有词不逮意者，有璧坐玑驰者，也有鄙言累句者，没有谁规定非大手笔不可动笔。任何事都需要一个过程，过程也是一种历练，在这个过程中丰盈了自己，快乐了自己，何来压力？

文不必局限于什么线条分明的框框，思维不同，角度不同，感观不同，表达方式必不同，没有什么绝对。文字是神圣的，是有弹性的，可叹浩瀚苍穹，可颂大好河山，可歌陌上花开，可喜悠悠清流，可感真善洁美，可诉幽幽心绪。眸所及，心所感，皆可诉诸文字，切莫设圈困扰自己，轻松一些，大胆一些，甚至可以放肆一些，放飞思维，让思路变得自由清晰起来。

纸笺素笔恬恬醉，一份幽娴缕缕馨；平仄悠悠情缱绻，拙才浅浅渡心吟。先为喜爱，继为坚持，若有徘徊，问快乐否。我的丫头，感同否？

刘俊巧

笔名天涯浪子，有一颗流浪的心，愿闲时能坐看云卷云舒，书写人生潮起潮落。

45. 红糖蛋花汤

红糖蛋花汤是我的最爱！抑郁的时候，生气的时候，尤其是生病的时候，一碗热气腾腾的红糖蛋花汤是我最想念的，那甜甜的味道，一直甜到心里去。

小时候，红糖蛋花汤是我的病号饭。我躺在床上，眼巴巴地等着妈妈给我做。那时候面粉倒是不缺，缺的是鸡蛋。虽然养了好多母鸡，但为了供给生活所需和学习费用，鸡蛋都拿出去卖了，只有在重大节日或者亲戚上门的时候才能吃上一顿鸡蛋。所以，最初的汤是没有蛋花的，就是简单的面汤，做好后放上红糖，我还喜欢再加点儿芝麻盐。淡淡的甜，淡淡的香，淡淡的咸味，是妈妈的味道。后来，我自己做的时候，就习惯加一个鸡蛋。把面粉搅成黏稠的糊状，一边往锅里倒，一边匀速地搅动，打成小小的绵软的面疙瘩。小火慢慢地熬几分钟，然后打入搅散的鸡蛋，根据自己的口味放些红糖就可以出锅了。我喜欢鸡蛋的鲜味，鸡蛋打进去后就不再熬煮，直接出锅。红糖蛋花汤最是简单，省时省事，每当来不及熬粥的时候，我也会做一份算作一餐。

现在，我的面前就放着一碗红糖蛋花汤，香甜的热气袅袅地升腾着，焦糖色的汤里飘着丝丝缕缕的蛋花。对面坐着我的女儿，小小的脸上那双大眼睛满怀期待又有些忐忑地盯着我，只因这碗汤是她做的。我毫不吝啬地对她进行了夸奖，夸她心灵手巧，夸她做的饭美味无比。看她的眼睛瞬间笑成了月牙儿，我小小的眼睛也笑成了月牙儿。她探过头来，看我在敲字，笑嘻嘻地对我说：妈妈，你一定要说"美味极了"哦。是的，确实美味极了！

小小的一碗蛋花汤，也是一种传承呢。它是妈妈的味道，是女儿的味道，是幸福的味道。

杨琼林

林州一中化学教师。理工女,却钟情文学。闲暇时间将一些生活感触付诸文字,是一种幸福。

46. 故园的枣树

不知怎的,这几天总是梦回故园,梦回故园那棵陪伴我长大的老枣树。

从我记事起,院子中间就挺立着这棵枣树,褐色的树皮,粗壮的树干,枝丫横向纵向自由伸展,最高处的枣子总是任其自生自灭。横向延伸的枝丫几乎覆盖了半个院子,一到夏天,枣树细密的叶子就像一柄撑开的巨伞,洒落一地阴凉,为我们挡住炎热。上小学时,每到周末,我们姐弟几个就坐在树下做作业。有一次写作文,我那句被老师画了圈圈,并让同学们惊叹为妙句的"分分争,秒秒夺,争分夺秒攻难关"就是我在这棵枣树下写的。那时虚荣心作祟,沉浸在老师对自己作文的称赞中,其实这句话不是我的原创,是哥哥从作文书上给我摘抄的。

枣树伴随着我的成长，我也见证了它春夏秋冬的模样。春天，原本光秃秃了一冬的枣树抽出了嫩芽，随后，黄色的小星星状的枣花开满了枝头。院子中间有一个水缸，水面上总是落满了飘落的枣花。当枣花终于快要落完，树上便挂满了一个个葫芦状的青衣小枣。我说的葫芦状一点儿没错，我们本地人叫它"有头枣"，现在市面上见到的却都是"无头枣"。枣子慢慢长大，颜色逐渐变得青里透红，我每天观察枣的变化，觉得它长得太慢，有时候忍不住摘一个尝尝，果肉青涩，没有味道。在漫长的等待中，满树的小葫芦终于个个头肥脑大，在风中乱颤，经常有掉落下来的残次品。农历七月十五左右，枣子有了味道。我爬上树，头枕树，脚蹬树，随手摘一个枣，扔进嘴里，甜甜蜜蜜，惬意舒服。八月十五前后是打枣的季节，我们姐妹几个爬到树上，一起发力，摇晃树枝，满树的枣子扑簌簌落下，树下的人手忙脚乱、东奔西跑地捡枣。大家都累得满头大汗，却个个笑意盈盈，开心满怀。

　　由于家里翻盖房屋，枣树被毫不犹豫地铲除了，我为此心疼不已。那是我美好的回忆啊！至今，它的样貌还清晰地铭刻在我的心底。它是我童年欢乐的源泉，是陪我走过青葱岁月的伴侣。我一推开家门，映入眼帘的就是它，无论它是光秃秃的，还是一身浓绿滴翠，都让我心中爱意涌动。那是家的感觉，看到它，我就在温暖的家里了。枣树没了，我再也没回过那个院子。翻盖后的房子也没人住过，因为那个院子是分给哥哥的，而哥哥早已在他乡扎根。那个院子，那棵枣树，都成了过往，淹没在了岁月里。如果，我说如果能预知未来，我想家里的每一个人都会赞同留下这棵伴随我们成长的枣树……

　　故园的枣树，我想你！

张兰波

生于淇河之畔,喜欢以山水为伴、与花草为友,闲暇时爱读书、写写文、养养花、弹弹琴。

47. 太行之秋

太行之秋,既不像江南之秋不动声色,也不像北国之秋仓促短暂。她踏着时令的节拍,款款而来,不紧不慢,不急不躁,来得正合时宜。

她缓缓抖开带来的礼物——秋之色、秋之味、秋之声、秋之意境,一股脑儿地呈与世人,让人应接不暇,如醉如痴!

先看秋之色。真是"五彩斑斓",就像大自然打翻了调色板:那红彤彤的栌柿林,就像是霍霍燃烧的火焰,动人心魄;黄灿灿的杨树叶,醉人心田;还有那绿油油的整装待收的庄稼、怒开在山野白皑皑的棉花,那羞红了脸的高粱、笑弯了腰的金穗……无不渲染着秋的热烈、秋的色彩!

秋之味,可谓"芳香四溢":又酸又甜的山楂,又香又酥的雪梨，又脆又甘的苹果，甜丝丝的熟柿子，香喷喷的煮花生……无不吸引着人们的感官，彰显着秋的迷人的韵味！

秋之声，那更是秋虫每夜都要举行的盛大音乐会。秋月初上，漫步乡野，满耳是"唧唧—啾啾—曜曜"的大合唱，高而激昂的小提琴演奏，低而深沉的大提琴伴奏，飘而悠远的横笛独奏，近而嘶哑的唢呐长号……整个田野甚是热闹。你听：有引吭高歌者，有窃窃私语者，有高谈阔论者，还有蜜语柔言者……在这静谧的秋月之夜，它们惬意地歌唱着，自由地生活着，没人打扰，想怎样就怎样，整个夜晚，整个田野，整个世界全是它们的！

秋之意境更妙。要想领略它，就抬头仰望"晴空群雁排南飞"，感受"便引诗情到碧霄"的开阔深远；也可约上三五好友，登高远望，尽情饱览那层林尽染的画卷，肆意欣赏那"霜叶红于二月花"的绮丽风光，你定会如醉如幻，流连忘返。莽莽中原大地上，千万农民正在田间热热闹闹地秋收，你大可体会到沙场大点兵的宏伟气势……他们会告诉你秋的热烈、秋的韵味、秋的高远、秋的魅力……

我爱秋天，更爱这太行之秋，爱她的多姿多彩，爱她的硕果累累，爱她的清爽怡人，爱她的热烈奔放！

桑蔚青

林州市实验中学英语教师。喜欢读书，热爱生活。

48. 摘杏记

天逐渐地热了起来，街上开始有了卖杏的。山民用独轮车推了两个篓子，里面的杏看起来很新鲜，颜色金黄，有的还带着碧绿的杏叶，衬得那黄杏格外漂亮。

说实话，我是不喜欢这种果子的。它酸中带甜，但以酸为主，一想，胃就不舒服。我最爱的是平民化的苹果，其他的再怎么名贵，再怎么高大上，我也只是尝个新鲜，喜欢不起来。在我40多年的人生中，苹果一直是我的主角，春夏秋冬，不离不弃。

但我家老胡特别喜欢吃杏，别管青杏黄杏，他都能一气儿吃十几个。我在旁边看得直咧嘴，真切地感受着"望梅止渴"这个成语的含义，满嘴的牙都给酸倒了。

别看我们两个来自山区，老家还真没有杏。自从看见朋友圈里的"晒摘杏"，老胡便心心念念，一直说找个时间咱也去吧，不喜欢吃就当去玩嘛。

周六下午老胡去学校接我，直接从大屯上到红旗渠边，顺着渠边公路一直往北。沿途老胡一直东张西望，我知道他在找杏园。我们在黄华村下的渠边停了下来，站在渠边欣赏周围无边无际的绿，这种浓得化不开的绿真是养眼。清新的空气沁人心脾，仔细分辨，空气中还含有淡淡的月季花香。习习山风吹过，凉意阵阵，丝毫感觉不到时令已是盛夏，而此刻市中心正热浪滚滚。

不远处的渠岸上坐着几位穿着不俗的女士正在吃杏，手里拿着的塑料袋里也盛满了诱人的金黄。老胡的目光立刻被吸引了过去，我还未来得及说话，他已经朝她们走去。距离稍远，我听不清他们说话。转眼间，老胡手里多了好几个杏，他眉开眼笑地往回走。不远处的我笑弯了腰，心想：难不成这家伙向人家要了杏？老胡说不是要的，他又不是小孩儿。他问人家在哪儿摘的杏，人家说是亲戚给的，顺手从袋子里拿了好几个给他。老胡很高兴，我却很尴尬，看来真得去找找杏园了。

星期日下午，我们又去了红旗渠畔，经过多方打听，终于找到了一家。老胡兴奋得像个孩子，车一停好就向陡坡下的杏园奔去，走了好远才想起往后看看，穿着高跟鞋的我还在陡坡上扭扭捏捏、小心翼翼、战战兢兢呢，他赶紧停下来向我大喊"慢点！"

一进杏园，哇，园子不大，但杏子可真多啊！不少杏枝都被压弯了，"压架藤花重，团枝杏子稠"描述的正是此景吧。杏子挺大，色泽金黄，掩藏在绿叶之后探头探脑地窥视着摘杏人，大概在想这次可别被吃掉或者被带走。

杏园里摘杏的人不少,好多是大人带着小孩子来的,热热闹闹的。摘杏大多是图个玩乐,并不在于摘杏本身。老胡笑眯眯地边摘边吃,还一个劲儿地说我:"老婆你也吃啊,真的不酸!"我坚决不吃,不过心里挺高兴的。

我慢慢地在杏叶间找寻最漂亮的杏。熟透了的杏落在地上,差不多铺了一层,可惜了。杏子初上市时,山下卖五块钱一斤。刚刚还是"昨日梨花白,今朝杏子青",转眼间已"不过归时杏子黄",再往后恐怕就要"零落成泥碾作尘"了。物物迭换,岁月更替,没有谁能抵抗得了自然的法则,杏子如此,人又何尝不是这样?

在杏园里逛逛摘摘玩玩,差不多逗留了一个小时,果子没摘多少,老胡倒是吃了个心满意足,主要还是高兴,终于如愿以偿到杏园摘杏了。

红日西沉,杏园在身后渐行渐远。看着身边提着一袋儿杏、兴高采烈的老胡,心里想"明年相望杏园春""绿满郊园杏子肥"时,我再来这儿,陪着老胡,花开时赏花,杏熟时摘杏,抓住青春的尾巴,享受快要逝去的青春年华。

马林云

笔名荆棘,自由职业者,代表作有长篇小说《薄冰之旅》等。喜欢古典文学、诗词歌赋,闲暇时偶有感而发,亦乐在其中。

49. 我和父亲

谋划了很久,想写一篇避开世俗的关于父亲的文章,可一动笔,还是要让父亲失望了。我无法不世俗,因为我和父亲都是俗人,我和父亲之间的事便也是俗事了。

父亲特别严肃。在我记忆中,我参加工作之前,他好像从未对我笑过。他对别人极爱笑,可一到家,就板着脸、拧着眉,让我胆战心惊。有时我想,人一天,甚至一生笑的数量是固定的,因为父亲在外面笑得太多了,所以留给家人的就太少甚至没有了。父亲还有个习惯,只要走到家门口的胡同,就会有意无意地咳嗽一声。那咳嗽,对我绝不亚于一声惊雷。闻听此声,我便会立刻检查自己的行为是否妥当,在他进门前及时纠正。其实,即使我有不对,父亲一般也极少说话或批评,但他会用眼角扫一下,就那一扫,都会让我感觉如同突然被扔进冰窖一样,从内向外都透着刺骨的寒冷。

父亲这样的性格,就是和母亲也不怎么说话。好在母亲性格乐观,也不和他计较,一家人倒也生活得安稳。

我和父亲极少沟通,甚至可以说没有沟通。内心深处,我认为父亲冷血,不爱母亲,甚至对我们姐弟三人也不喜欢。

也许是父亲小时候穷怕了,他极爱财,可以说视财如命,一分钱恨不得分成十份花。小时候上学是要缴学费的,每次缴费,对我来说都是一次磨难。拖到了无法再拖时,我鼓足了所有的勇气伸手向父亲要钱,他却总是说"急啥,再等等,不用那么早"……总是需要要上几回,才肯给我。大约上小学四年级时,有次过春节我陪父亲去临淇镇走亲戚,到亲戚家要路过服装市场,可想而知,那些衣服对很少穿新衣的我是多大的诱惑。我相中了一件风雪衣,好像是 20 块钱左右,我希望父亲破例给我买一件,但父亲不肯;我请求他,权当春节买新衣,亦无用;我最后恳求他,甚至保证以后每门功课都达到 90 分以上,亦无用……

父亲如此爱财,可以说是"守财奴"了吧!但有时他做的事情,却是自相矛盾,让人无法理解。偶尔亲戚、乡亲周转不开,找父亲借钱,他总是满口答应。有钱,父亲当即借出去;没钱,则先去找别人借来,然后再送过去。我小学毕业时考林县十三中(当时乡里最好的中学),造化弄人,竟以一分之差落榜,我只得打算上村里的初中。可是后来,我小学的老师不知怎么劝说的父亲,他竟破天荒地掏了 150 元钱,让我上了十三中。初中毕业,我考上了中专,三年学费,5500 元,那可是一大笔钱呀!父亲竟然二话没说就去借钱。终于,他对别人的笑有了回报，没怎么为难就借到了钱，我和母亲甚是诧异。

父亲对我们极为苛刻，当然他首先是严格要求自己，以身作则。我不记得他买过一件新衣，不记得他下过一次馆子，不记得他为自己花的哪一分钱是可以不花的。

现在条件好了，父亲也不再年轻。物质上，他对自己依然苛刻，对孙辈却是疼爱有加，有求必应。

父亲的性格也在发生变化。他不再那么严肃，甚至会讨好似的和我聊天，聊家常，聊生活的不易，聊侄儿的未来……特别是最近一年，母亲生病，他毅然承担起了照顾母亲的重任（要知道，年轻时的父亲是家里油瓶倒了都不带扶的），一日三次为母亲分药，看她服下，陪母亲聊天、散步，还抽时间照顾、陪伴年迈的奶奶。

父亲爱财是有原因的。他们那一代，出生于新中国成立前后，成长于中华民族最艰难的岁月，兄弟姐妹又多，小时候缺衣少食，物资贫乏，责任重大，当然就有了严重的不安全感，有了对钱财的依赖感。

"树欲静而风不止，子欲养而亲不待。"趁着时间尚好，趁着一切都还来得及，好好善待他们吧！忍辱负重的父亲，含辛茹苦的母亲！

李薇薇

一个人如其名的小女子,闲暇时喜欢与好友一起背诗词、晨读,偶尔写写文章,丰富自己,充实生活。

50. 雪样情怀

冬天来了,从立冬到小雪,又从小雪到大雪,一直盼,一直盼,盼了一年,只为在这个季节能和她相遇,却迟迟不见她的身影。

有冬无雪非冬天。终于,十四号一觉醒来,大地上落了薄薄的一层。虽没有想象中"千树万树梨花开"的盛状,但她还是来了,在属于她的季节,静默地给大地换了一身新装。久违的相逢,我心中满是欣喜,早早地出门上班,踩在洁白的雪上,忘却了周围的寒冷。"莫道君行早,更有早行人。"路上已留有很多痕迹,空中依然飘着雪,不是鹅毛状,不是六瓣样,而是如盐粒般。记得《春江花月夜》中有"月照花林皆似霰"一说,宋之问的《苑中遇雪应制》曰:"不知庭霰今朝落,疑是林花昨夜开。"我特地查了一下"霰",今日的雪大概就是霰吧?想起了谢安曾问:"大雪纷纷何所似?"其兄子胡儿说:"撒盐空中差可拟。"侄女谢道韫说:"未若柳絮因风起。"现在细想来,谢道韫的诗句只是更符合大雪纷纷的情景,为大家所推崇,而胡儿的也未尝没有道理,像今日的雪用他的这一句再恰当不过了。

有雪无梅不精神。"梅雪争春未肯降,骚人搁笔费评章。梅须逊雪三分白,雪却输梅一段香。"梅雪是绝配。冬天寂寥、寒冷,因为有了雪花就多了几分灵动,但也有一丝单调,梅的到来给单调的色彩增添了一抹亮色,于寒冷中注入了几分香韵。走在校园里,我找寻着那墙角的几株梅树,却未发现梅花的靓影,也许还不到寒彻骨的时刻,只有几片枯黄的叶子摇曳在北风中。年年与她同在一个地方,却不了解她何时才来,每年都是她暗香满园时才知道她已悄然盛开,在不起眼的角落。

有梅无诗俗了人。课上,我和学生应景来了个有关雪的飞花令,学生们兴趣盎然。诗中的雪为我们打开了另一个世界,感受了白居易"晚来天欲雪,能饮一杯无?"的温暖邀约,体会了岑参"山回路转不见君,雪上空留马行处"的恋恋不舍,了解了诗仙李白也有"冻笔新诗懒写,寒炉美酒时温"的无奈倦怠,明白了柳宗元的"孤舟蓑笠翁,独钓寒江雪"的孤寂清高。可惜没有目睹"六出飞花入户时,坐看青竹变琼枝",没有看到"大雪压青松,青松挺且直"……雪给了诗人灵感,诗人把情感赋予了雪,每个人心中都有雪样情怀,各具千秋。同学们的热情超乎了我的想象。

雪本无情,生命短暂,碰上了懂她的人便风情万种。"非关癖爱轻模样,冷处偏佳。别有根芽,不是人间富贵花。谢娘别后谁能惜,漂泊天涯。寒月悲笳,万里西风瀚海沙"。

  与她相遇了,便好好欣赏,书写与她的别样情怀。

诗歌篇

陈海生

林州市诗词学会会长。

1. 沁园春·红旗渠

百丈悬崖,
千里长渠,
万世伟功。
忆艰辛岁月,
真金烈火;
健儿十万,
气贯长虹。
凿洞穿山,
神工鬼斧,
旱魃驱除牵巨龙。
渠成日,

看江山如画,
林茂粮丰。

轻歌流水朝东,
曾遐想前朝谁竞雄。
昔先贤大禹,
舜君禅让;
李冰父子,
治水巅峰。
洪谷山中,
谢公祠内,
一代名臣享祭封。
皆往事,
数百年县吏,
当属杨公。

李树旗

林州市人民检察院检察长,中华诗词学会会员。

2. 一剪梅·悼杨贵

杨贵恩公驾鹤西,
云也哭泣,
月也悲离。
梨花萧瑟素千衣,
风也凄凄,
雨也凄凄。

碧水一渠咽满溪,
生也烟雨,
死也无遗。
太行垂泪望长堤,

来也依依,
去也依依。

2018 年 4 月 12 日于林州

韩进

笔名寒烟。河南省安阳市作家协会副主席,乃文乃武,侠骨柔情,出版诗集、小说集多部。

3. 故乡与远方

远方
是你儿时的梦
那是你书中的故宫
和巍峨的万里长城
远方
是你少年的梦想
是你梦里的江南水乡
和神秘的布达拉宫
远方
是你的绿色海洋
迎风踏浪

远方
是你的灯红酒绿
梦幻天堂

而今夜 故乡
是你才下眉头却上心头
剪不断又思念的乡愁
村前的小溪 绿色的田野
是你梦里的歌谣
青石板小路 斑驳的老墙
还有村里长长的小巷
是你梦里千遍万遍
抵达的方向

回来吧 远方的游子
村前的桃花已含苞待放
家乡的田野已翻起绿浪
那通向你家园的小巷
一盏盏大红灯笼
已经为你点亮
美酒已在母亲的小院里
发酵 飘香……

2019 年 1 月 22 日

桑东林

生于农家,于众兄弟中排行十二。属老三届,恢复高考后上大学时已年过三十,退休前一直在乡政府工作。今岁已进古稀之年,然好读书、喜作文之习不改。虽老已至不服老,依旧高歌夕阳红。

4. 山乡秋色胜春光

杨柳梢头绿透黄,
芦花雪白随风扬。
河水清澈如银练,
两岸遍地金菊香。

块块麦田铺碧玉,
树树玛瑙映秋阳。
满山红叶似火燃,
松柏苍郁战寒霜。

最是秋风识人意,

绘就美图千万张。
谁说美景看三月?
山乡秋色胜春光。

古稀迎来新时代,
人逢盛世精神爽。
登高望远胸宽广,
吾齐携手奔前方。

2019 年 10 月 31 日

陈友雄

广东汕尾人,毕业于华南师范大学中文专业,退休后爱好诗歌创作,写写诗词、对联,玩玩文字游戏。

5-1. 读《踏雪寻梅》

梅香雪白惹人寻,
路远天寒步倍钦。
仙女翻飞欣伴舞,
精灵静立沁君心。
时来融化千般润,
令到随缘万绿荫。
兴雅情高今古事,
卢翁长短定真音。

5-2. 拜师黛玉

《红楼梦》里学吟诗,
黛玉高才拜正师。
弟子怎知真塞窍,
迷离扑朔计难施。

张长贵

笔名太行人,林州市人。中华诗词学会会员,河南省诗词学会会员,安阳市作家协会会员,林州市诗词学会会员,林州市民间文艺家协会常务理事,林州市民俗专业委员会副会长。

6. 夕阳

梦想,在西山顶弹跳
飞舞的光焰染红了耳朵
那股热情寻一个树枝杈
放逐一个完美想象

牵动眼眸,随行于枝叶间或小径上
光线的推移
进而慢慢地更加柔和
丰润的颜色,涂抹着枫叶脉络
在小桥上咀嚼红尘,
叶落溪水的音符

弹奏出诗意的乐章
鸟儿鸣唱着日升日落
清风摇动光影,心思流浪

完美,承接的是永恒虚幻色彩
断章,在一个片刻绚丽
但并行的边缘,
永远守候一个
不变的季节轮回

郭宝军

共产党员,河南省林州市农民工,林州市诗词学会会员,林州市作家协会会员,商丘市睢阳区作家协会会员。爱好文学,作品散见于报刊和网络平台。

7-1. 泥瓦匠自传

读书劳动练兵场,
袖戴红章闯将当。
改造山河天地斗,
诚描华夏壮图祥。
革新富路通寰宇,
开放农夫走四方。
世道难行诗乐伴,
岁河梳笑满头霜。

7-2. 悼念母亲

逃荒道上饿死娘,
童养为媳度日长。
婚夜送夫疆场路,
柴棚守梦断魂床。
榆皮野菜穿肠过,
辣苦咸酸和泪尝。
勤靓山河德亮月,
人生一曲尽芬芳。

流沙

20世纪60年代出生在豫北黄河故道上。喜爱旅游、摄影、垂钓。

8. 冰冷的雨

初冬的周日
天空飘落冰冷的雨
不堪重负的秋叶
重归大地
寻找
新的归宿

满目的阴云
塞满空虚的心田
墙上的镜子
映衬出一张自嘲的

笑脸

春天，还有多远？

戊戌孟冬随笔

崔海岭

中国诗歌网认证会员,汤阴作家协会会员,汤阴诗词学会会员,爱读书,喜写作,发表过多篇文章。

9. 约定

一声叹息
穿越千里万里
月之白
瞬间覆顶沉底

山水程程
遥望一朵花的美丽
默默地懂得
阳光下或左或右的疏离

花开指尖的约定

不在盎然生机的春季
菊香梅红
跫音响起的灵犀

缘的深深浅浅
芬芳彼岸的距离
长长的路
慢慢地
随了执手的惬意

焦新周

林州人,现在北京,曾在京津刊物发表多篇文章。

10. 秋之梦

我把梦
打包
装进行囊
去闯

回首别离的站台
刺痛了
昨日的感伤
漾过耳际的发丝
结成岁月

如泣的夜里
惊醒了一地风霜
梦
依然远航

任建昌

昵称水木沁园,中国诗歌学会会员,中国散文网签约创作员。曾获"中国梦·劳动美"林州全市职工诗词创作一等奖,中华散文网"相约北京"诗歌创作一等奖。2016年获全国文学艺术精英人物称号。作品散见于《星星诗刊》、《安阳日报》、《民生周刊》、《羲之书画报》、中国作家网、中国诗歌网、《红旗渠文学》等。

11. 故乡生长在悠长的梦里

因为惦记 惦记便成了风景
她在梦里生长
生长成了春天的模样
那枝红杏从墙里探到墙外
轻抚着暖风的唇吻
将心蕊的芳馨描写在三月的鼓槌上
一阵撒泼的敲响
村里村外与漫山遍野的舞蹈
就在杏花的笑声里昂扬

因为惦记 惦记便成了风景

她在我行走的爱里生长
生长成了夏翳的模样
百鸟鸣唱着疯长的树梢
疯长着连理的桥
故乡安居在桥荫下
倾听着邻居传来的梆子腔
一架辕车沉默在碾棚的角落
默念一段老旧的往事
却永远想不通什么是互联网
树荫遮没了墙角垂挂的时光
一只鸣蝉在老柿子树上悠闲地漫步
我挽着你的手
深吸了一口秋波暗送的舒爽

因为惦记 惦记便成了风景
她在五谷飘香里生长
生长成山楂树下那张俊俏的脸庞
谷穗躬行感恩的礼仪
舐舔着人欢马叫的回忆
为现代化的壮行天高气爽
红红的着装连接着半坡酸枣的飞翔
狂想着辣椒与宋祖英的歌唱
红火了秋天的村长

因为惦记 惦记便成了风景
朔风凛冽地生长

生长成娶媳妇的故事
鼓槌追赶着迎亲的列队
在节奏铿锵的热闹声中
绽放九百九十九朵玫瑰
红红的对联扮靓了红红的吉祥
围绕着你永远地生长
在故乡热恋的梦里悠长悠长

吕建周

笔名北方苍狼,林州市合涧镇小屯村人,职业养蜂,爱好文学。

12. 蜜蜂

春天的花红
引出嗡嗡嗡的情话
飞上五月的枝头
立在春与夏的路口

一丛芬芳就是待嫁的新娘
每段征程都会哼出胜利的歌唱
夕阳是干净的
她用甜蜜迎接归来的王者

这来自花丛的思念

会将你的勤劳
用明亮的呼吸
捎给静候的
月亮

郭学军

现在林州市陵阳镇工作。热爱生活,喜欢读书,偶有所感则信手涂鸦,最爱写散文抒发情感。

13. 想起了父亲

父亲
您走时
我在跟前
可我
挽留不住您的脚步

恍若站在前世的噩梦里
我又忆起了您
怎能相信
荒野里那个小小的土堆
是您操劳一生的结局

父亲
我是您最不放心的孩子
那条乡间小路上
谁站在路口
等我回家

父亲
没有您的田野
空荡的寂寥黯然
我成了一片飘飞的落叶
哭着喊着找不到回家的路

父亲
您可知道
您远去的背影
锁住了故乡的大门

从此
我成了无家可归的孩子
将永远迷失在远方
只能噙着满眼的泪
假装坚强

2018 年 1 月 20 日于乡下

张增亮

林州市实验中学教师,林州市作家协会会员,安阳市作家协会会员。

14. 秋叶

那一片片碧绿的春的使者
从轮回的荒涯降临
挂在灰褐色的枝头
走进生命的初始
像啼哭着的婴儿

它们吮吸着阳光
长得宽大、饱满
当冬的号声响起
变换作圣火的妆容
带着金黄的荣誉

启程，到又一个
旅途

那金色的大地啊
是归途，又是母亲

万海东

热爱生活,偏好文学。闲时喜信手涂鸦,虽不能载道,亦自得其乐。

15. 秋日私语

踏着秋的脚步
回到梦寐以求的故乡
气息都变得那么地舒畅

知了不停地召唤
蟋蟀热情地伴奏
葡萄高高在风中舞蹈
南瓜摇摆欲试比高
疯长的米谷菜拍着双手
佩戴着大碗花妖艳地献媚

绿得发油的红薯秧

开得淡黄的花生苗
青青的芝麻踩着高跷
红高粱瞅着笑弯了腰
挺拔的玉米拖着长长的胡须
似乎想亲吻脚底下的黄豆角
田野啊在唱着交响乐

啊
故乡的秋天
给故乡以热烈的拥抱
蚊子亲密地呢喃
玉米糁散着香甜的诱惑
漫天的繁星顽皮地眨着眼睛
小河的青蛙呱呱地叫个不停

哦
故乡的秋天
秋日的私语
在时轮中拉长
在心中暖暖地回荡

2017 年 8 月 10 日

郭嵘

林州市人,高中教师,林州市作家协会会员。喜美文,爱打扮。冷眼旁观,处静思远。外物感怀,间有心得。多家平台,时有发表,长于散文,补之诗歌。多个领域,皆有涉及。善学习,爱独处,求精致,尚艺术。爱亲人胜于自己,喜庄周胜于孔子。乐观而自信,开朗而豁达。自我感觉好,幸福指数高!

16. 人间最美是烟火

腾跃在寂然的夜
打开了所有秘密的锁
斑斓着最鲜艳的色彩
解读着最古老的寂寞
燃烧吧 这情的火
燃烧吧 火样的情

瞬间的迸发 是音符的欢畅
优美的曲线 是璀璨的模样
这花的绚烂 遥远的憧憬啊
这火的热烈 酣畅地怒放啊

贪婪地吮吸　这蜜甜的情意
疯狂地占领　这燃烧的身躯

神往 着迷 兴奋
潮涌着饥渴的情
魅惑 缠绕 碰撞
暧昧着精灵的魂
亦烟亦尘亦是梦
像雾像雨又像风

2017 年 12 月 1 日

刘书平

自由职业者,笔名沙鸥。爱好诗歌,文笔细腻,热爱生活,善于捕捉转瞬即逝的灵感。

17. 祝福

妈妈又坐在家乡的矮凳子上想我
我该是那一只凳子啊

妈妈,我看到你的笑容
像个小女孩
你的缎带和蝴蝶结
白发之间
菩提树上开着的花

妈妈
愿你的双手不再忙碌

愿你的双脚总是迅疾
愿你的心总是快乐
愿你面朝谷仓脚踩黄昏
倾听受难的水
落在远方

侯庆红

1970年出生于河南林州。爱好古诗词。林州市诗词学会会员,河南省诗词学会会员,竹韵汉诗协会会员。

18. 长相思

十重山,九重山。
雁过平湖水似烟。
清宵已渐寒。

秋风多,秋风残。
欲卷珠帘愁万千。
几回思月圆?

梁亚丽

化学教研员。喜欢音乐、瑜伽,并不擅长文字,偶有生活感悟付诸笔端。

19. 醉美临淇

有一个美丽的地方
悠悠淇河水在这里流淌
留下了多少动人的诗行
蒹葭苍苍白露为霜
水煎包满街飘香
豆腐花源远流长
红薯粉条酸酸爽爽
小磨香油声名远扬

啊,临淇
美丽的临淇

你气宇轩昂
你山清水秀鱼肥蟹黄
你是北方江南水乡

有一个神奇的地方
在历史长河中熠熠闪光
书写了多少壮丽的篇章
侠肝义胆热烈奔放
万泉湖碧波荡漾
牡丹花竞相怒放
风力发电造福一方
湿地公园铸造辉煌

啊，临淇
奋进的临淇
你斗志昂扬
你甩开强有力的臂膀
不畏艰难乘风破浪
迈向新的辉煌

李秋红

笔名净水滩,钟情书与字,喜赏诗词歌赋、琵琶琴筝,迷恋华夏的历史和豪情的江湖,热衷与传统文化相关的一切。乐伴一家人,一壶酒,一溪云。

20. 见过

见过万千花草四月时候,
犹如你点点娇羞的善睐明眸。

见过天晴雨收杏花村口,
犹如我对你翘首以盼的等候。

见过天高云淡丰年金秋,
犹如你芳华飘香的闺中阁楼。

见过落英缤纷随水远游,
犹如我永远也牵不到你的手。

见过雪花飘飞燕山白首,
犹如你窈窕婀娜清香俊秀。

见过灯火阑珊城市街头,
犹如我对你望穿秋水的自由。

见过万家灯火欢喜忧愁,
犹如尘世爱眷那平凡的春秋。

亲爱的,你走吧,你走吧,
不要回头,不要回头,
就让我这场爱恋铭心刻骨,
静水深流……

郝玲梅

林州人,自由职业,爱好文学,闲暇之余喜欢奇思妙想、捕捉灵感,思想丰富,感情细腻。

21. 年

小时候,我盼着你
盼星星,盼月亮
你来了
有新衣,有饭香
即便怎样啊
可是
可是我留不住你

长大了,我等着你
如花开,似花落
你来了我欣喜

你要走我不留
即便如此啊
你依然是离别的归期

而如今啊,我怕了你
如怕黑夜,惧风雨
怕父母离去,孩子长大,芳华已逝
即便这样啊
你还是如期而至

小青儿

电气助理工程师,热爱文艺,在《工人日报》《挚友》、"太行文学"等平台发表过作品。

22. 你不来,我怎敢老去

你是我的人
如开在时光里的花朵
每一朵花儿
都能开出姹紫嫣红的妖娆
我是你的人
这一晚的小雨
枫叶铺满了一地
一生最美的时光
从遇上你的那一刻开始
好想为你写一首诗
伴着星夜细雨

为你低吟浅唱
花和叶
一如当初的羞涩
你不来
我怎敢老去
子夜已过
夜还能黑多久

2019 年 7 月 14 日

赵鹏飞

笔名茉莉,喜欢拍照,偶有生活感悟就写成日记。

23. 今夜又飘起雪

那年
天空飘着雪
你牵着我的手
说陪我到白头

你拥她到胸口
让她落入你口
你说她就是我
我就是她

今夜又飘雪

你却牵了别人的手
雪落到我的胸口
变成了红色的
伤口